日本，去 1000 次也不够

晃悠　著

中国出版集团　東方出版中心

目录

四国地区

九州地区

其他

关于和风旅人

作为一衣带水的邻国，日本有着什么样的魔力让我一去再去？当身边的朋友都懒得问我假期去哪儿时，我觉得有必要用“社交媒体”重分享的方法和身边的朋友以及志同道合的更多朋友说说每次去日本难忘的点滴。于是摸索着做了“和风旅人”这个微信公众号。

从最北的北海道到最南的冲绳，从痴迷的泡汤到开胃酱菜，禅宗、料理、火车、赏花、小物，日常生活中平常的小事，都在角落里幽幽地发光，吸引我把它们分享出来。

写的时候没有规划，内容、篇幅、发布频率随性到没有任何规律可言，一年多里，零敲碎打，说到哪儿算哪儿。直到在好友三木的盛情推荐下，遇到我的编辑留全老师，有了出版的机会，才让我开始重新翻看曾经写过的内容。这一翻非常不安，因为这些随意码的字，原本只是针对喜欢我的人，像铅笔留下的淡淡痕迹，更多时候是给自己记录所用，且互联网上，英雄不问出处，我就是个路人甲，写的东西别人看了觉得有共鸣或者实用，可以转给需要的朋友，看了无感或觉得鸡肋，则无须理会。而现在，这些内容，需要变成铅字，印在纸张上，合集成书，被定价，未来卖给不知是谁的读者，着实感到责任重大。

但转念一想，关于邻国日本的书太多了，旅游攻略、散文小说、文化随笔、人物传记，还有卡通动漫，几乎任何你感兴趣的书，市面上都有。所以我又何须纠结书到底写什么？地铁里被问路便立刻带你走5分钟路去到目的地的路人甲，饭店里知道当时是中国新年马上对你大叫 Happy New Year 并拍手祝贺的邻桌乙，山里遇上暴雨一路为你撑伞同游还热心介绍观光路线的过客丙，这些闲聊时和朋友分享过的感动瞬间，蓝天碧海、粉樱怒放、绿叶闪光、红叶似火、银装素裹，这每一个季节大自然的美妙变化，都是促使自己一次又一次去日本的原因。回到最初，开公众号记录的内容，本身就是自己对日本的观察和理解，亦是我最想与大家分享的瞬间，于是决定，就写这些，我眼中的、亲历的日本，就好。

最后，编辑老师说，既然是书，就要有逻辑，必须要有目录啊！于是将内容按日本的区域稍作归纳，有大家熟悉的关东关西，也有私爱的四国九州，只是分享，多谢支持！

而我又是谁？！生活在魔都的天秤座大龄未婚女壮年。爱国，爱家，爱生活。书读得少，路努力走多点。

关东地区

东京：大年夜的どん底

2010年的2月，第一次去东京，一个人。没有随时上网的3G卡，没有可以拍照带翻译软件功能强大的iPhone，没有微博微信，没有人可以问，心里没有底。即便那样，还是去了。

三分不安，七分雀跃。出发前自己搞定酒店和行程，好在这个城市不像电影里拍得那么容易迷失。偌大的新宿，错综的地下铁，我也没把自己给丢了。

那一年的年三十，在东京，临回家前夜。抱着一定要吃顿推荐美食的心，看中了攻略书中介绍的，位于新宿、有50多年历史、三岛由纪夫曾流连的小酒馆——どん底。

晚上8点多，居然要排队等位。饥肠辘辘、饿到快要晕厥的自己，不死心地各种比划交流，最终成功上了二楼，坐吧台。菜单上来，彻底傻眼，无图无真相。把菜单正反看了几遍，只得转移视线，看身旁别人在吃什么。大概当时已顾不得隐藏直勾勾的目光，很快，旁边一位约50岁气质非凡的阿姨立刻用英文和我对话，问我来自哪里，并热情地为我推荐她认为的美味，好吃的匹萨、火腿，特别的鸡尾酒，虽然我已不记得那匹萨的馅料是什么，如何烹制，为什么好吃，但我牢牢记得，那是我活了那么久，第一次觉得好吃的匹萨。等待的过程中，我与阿姨聊天，得知她原来在上海从事建筑设计工作，工作室就在湖南路上。

因为这是三岛由纪夫曾流连的小酒馆，我便找去了

世界真的很小，是不是？

很快我们就熟络起来，她为身旁的一位大叔做翻译，吧台后的酒保也听得津津有味，加入了我们的聊天。阿姨热情地对大叔说，当天是中国的除夕夜，于是，我桌子左边右边的人，都对我说起了 Happy New Year！大叔手舞足蹈地为我唱了一段，酒保送了我一杯酒，右边的一对情侣，让我品尝他们外带的类似膨化食品的小食。我们开心地拍手、大笑，我发自内心地双手合十感谢他们。那个瞬间，那样迎接新年的方式，素不相识、语言不通的陌生人带来的温暖和感动，有生之年，都会很难忘记。

今天的现在，你和谁一起过年？愿你依旧是最初的那个你。

PS

“どん底”的意思是社会最底层，源于高尔基的一部小说，黑泽明于 1956 年改编拍摄了同名电影。

箱根：富士山下泡汤血拼

春节很多朋友选择去日本，美食温泉购物赏雪，2–3小时的飞行距离，语言不通也完全看得懂走不丢的汉字路名标识，“霓虹国”（“日本”一词日语发音的音译）值得你出国首选！

作为一个出行一定不会空手回家的杂货狂，去过日本冲绳、福冈、东京三家Outlets，个人最喜欢且有六大理由必荐要去的是位于静冈县距离东京100多公里的御殿场Outlets（Gotemba Premium Outlets）。

理由一，210家店数量够多：

似乎除了LV和Chanel，BV、Bvlgari、Dior、YSL、

雪中箱根

玻璃之森美术馆，在雪中少了多彩，多了纯真

Ferragamo、Prada、Tod's、Burberry、AlexanderMcQueen、Balenciaga、三宅一生、“西太后”，甚至 UGG、Lego、香蕉共和国，认得的牌子这里基本“齐活”了。只是有的是专卖店，有的是集成店。

理由二，你知道的折扣：

新品 75 折，反季或打折季 3.5–5 折，买多件有买赠或买减优惠，刷银联卡可能还有额外折扣，看着就会按捺不住。

理由三，你没注意的低汇率：

我第一次去日本时的汇率是 100 日元兑 8.05 元人民币，而现在是 100 日元兑大约 5.2 元人民币，看到任何价格都按 5 折去掉一个 0 计算，瞬间觉得好便宜！

理由四，趁现在日本国消费税还没有涨：

日本国所有商品都标明税前和完税价格。一般店消费税 5%，个别店外国人免税，但大牌都不免。听说今后日本的消费税会提升，能买的抓紧吧！

理由五，全世界独一无二的富士山景：

毕竟咱离美国欧洲那些原产地远了些，对经常去西方

雕刻之森美术馆，孩子天堂

到处都有锦鲤

箱根通往芦之湖的码头

小王子博物馆不要错过

古代街道，踏雪寻踪

的同学，我要说，这家店，可以边走边购物边近观富士山景，夕照雪山，蓝天衬映，走到不觉腿软。

理由六，温泉控不可错过：

离东京最近的温泉区箱根离这里只有 50 分钟车程，购物后可以顺道去泡温泉，放松身心。箱根除了有温泉，有芦之湖，有四季不同的鲜花，还有数不胜数的美术馆。个人推荐：小王子博物馆，B–612 星球和它唯一的居民王子，一直在那里孤独地看着日落。

所以，如果你去东京又想血拼的话，这里值得列入一日行程。

交通路线

火车：新宿站搭“小田急浪漫特快号”，到达御殿场，再换免费接驳巴士即可到达。（这个方法适合去箱根的同学，买小田急套票，性价比高！）

汽车：东京站八重洲口或新宿站 JR 巴士口，每天有巴士往返。（往返 2800 日元）必须提前一天买票预约！横滨、成田 / 羽田机场、箱根、富士急乐园也都有巴士每天往返。

温馨提示

一定不要和我一样选在元旦期间去（那个时间是日本新年，相当于中国春节），原本单程 2 小时的路，需要多一倍时间才可到达。

镰仓之一：
坐火车到传说中的湘南海岸

坐火车到传说中的湘南海岸

听起来好像会有穿花衬衫的少年和比基尼辣妹

所谓的湘北就是灌篮高手的那个神奈川县的一个地区

樱木花道是湘北高中篮球队的

湘南理所当然是在湘北的南方

……

陈绮贞的这首歌，让我在几年前知道了镰仓的湘南海岸，那是《灌篮高手》漫画实景地之一。早前，我对镰仓只有两个记忆点：镰仓大佛和灌篮高手。后来与好友Daisy聊天，得知镰仓还有紫阳花和杂货店，这些看起来完全风马牛不相及的点，让我觉得镰仓有点儿意思，决定一去。

镰仓离东京很近，一小时车程。从镰仓站乘江之电，过长谷寺，开始沿海行驶，镰仓这一段的海，和大多日本照片上的一样，是那种淡蓝色，看起来平静的海。从著名的漫画取景地——“镰仓高校前站”下车，出站往高校方向走大概100米，就是电车的闸口，这里每一分钟都有人在拍照，有人在闸口前励志地跳跃，或是等待绿色电车驶入水平的天际，与铁轨、海岸线一起定格下数根平行线的画面。只是这个路口，再也不会有樱木花道路过。车站站

沿着海岸追风的少年

坐火车到传说中的湘南海岸

在斑马线边等红灯，路对面是在海边休息的一家三口

没有樱木花道的路口

台本身，也值得细细体会，这是“日本最美车站百选”之一，站牌还是古朴的白底黑字，只有单面站台，双向铁路都在眼前。没车的时候，静静观海；车来的时候，像看动态美图。上车，电车启动，窗外一名白衣少年在夕阳下乘风骑行……

高校站往藤泽方向，可以去往江之岛，也是很多猫的岛屿。往镰仓站方向，稻村崎站，则是有著名杂货铺和海滨公园的一站，当地人来得多。我们在这里，在夕阳海景中品尝了咖喱海鲜饭，因为太满足，我竟一个人喝了两瓶啤酒。

镰仓的意外惊喜，是镰仓星巴克，临走前一定要去坐一会儿喝一杯。这家星巴克的建筑是简洁的斜顶木结构，类似 MUJI（无印良品）的装修风格，深色木头更酷一些。建筑前身是一位漫画家的宅邸，室外有花园、泳池、樱花树，泳池边的一排座位人气很旺，一直坐满人，还有狗。在这么特别的环境里，喝什么已经不重要了。地点在镰仓市政府旁，镰仓站步行可达。

关于镰仓的住，之前在预订酒店的网站上，又一次因为“建筑古早”、“镰仓特色”这些字眼，订了“镰仓旅馆”。这是一家 Guest House 风格的旅馆，适合背包客。我并非不爱这类旅馆，也不是说我不是背包客，只是去镰仓那次是拖箱子购物的“腐败”之旅，所以，当姐妹们发现要把箱子自己提到二楼，且睡觉是上下铺，晚上 10 点房间需要熄灯，卫浴都是公用的时候，还是有点儿意外。当然，楼下有公共区域和酒吧，各种肤色的旅人，可以把酒当歌，相处甚欢。旅馆离镰仓站或北镰仓站都有点儿距离，离大佛还行，比较适合在镰仓多住几天、骑行探访的自由客。

镰仓之二：紫阳花期寻找小津

镰仓环山临海，与京都、奈良并称为日本三大古城，也是东京附近最有历史感的城市。

小津安二郎执导的电影《晚春》，发生在镰仓，丧妻的父亲与女儿相依为命住在这里。父亲希望女儿快出嫁，女儿担心嫁人后父亲无人照料生活孤苦，于是父亲撒了毕生最大的谎——打算再娶。女儿答应相亲结婚。结婚前父女最后一次一起搭火车去京都旅行，女儿仍有彷徨，父亲则温和而坚定地说服。结尾女儿终于嫁了，父亲一人回到屋里，缓缓地削了一个苹果，预示着孤寡老人生活的正式开始。

小津先生 46 岁时拍的这部《晚春》，没有《东京物语》出名，却是台湾导演侯孝贤最爱的一部电影，评价其“透彻极了”。

摄影机安静地记录着年轻美丽的女儿与豁达沉默的父亲之间的情意，究竟是舍不得父亲一个人受苦，还是舍不得离开自己全身心依靠的父亲，女儿在所有人劝她结婚时表现出一种内心的自我冲突。理智的父亲明白女儿的心思，为人父母，却是要看到更长远时，自己是无法陪伴女儿一辈子的，女儿需要创造属于自己的幸福，所以在父女最后一次一起旅行的时候，他对女儿说：结婚初期并不一定幸福，期盼幸福突如其来地降临是不对的想法，婚姻的幸福

明月院的方丈庭风景，明信片取景

赏花期一定记得错开人流高峰，建议赶早

メランコリー

有爱，人造的也是惊喜

是要两个人一起经营的。像是总结自己前半生的婚姻经验，也像是给女儿的劝诫……

故事的发生地在北镰仓，小津先生亦埋葬于此。选择在6月去镰仓寻找小津，除了有短暂假期，也因为此时是紫阳花（绣球花）的最佳花期。

北镰仓站的站台时至今日依旧朴素，和电影里没太大变化。穿校服的少女和拎公文包的大叔从站牌前走过，若把相片调成黑白色，无法分辨年代。

地藏和绣球花

从站台走去圆觉寺，约莫5分钟即达，不巧花期延迟，几乎未见花开。僧人的徐徐诵念，让人如脚下生根，不想离去。小津的墓碑上除了一个孤单的“无”字，别无其他，倒是墓地附近，大约因为日照好，花开了几株。

圆觉寺不远处，是明月院，这里是镰仓赏花胜地之一，紫阳花只出蓝紫色，庭院里偶有几株花开七成。最为出名的散策石阶上，尚是蓝紫色花苞。

圆觉寺最为出名的是有着圆门的方丈庵，在许多地方都会看到它的照片，这几乎是日式美学最好的演绎：白墙、圆门、榻榻米，6 月的窗外是绿意盎然的庭院，到了秋天则是浓烈的红叶。屋内，擅长营造美感的日本人，在榻榻米四周铺了红色地毯，暗与明，红与绿，光与影，方与圆，工整而又有对比，视觉冲击强烈，禅意深远。

出于对赏花目的的不死心，回到镰仓，又搭江之电去往长谷寺，进门处便看到紫阳半开的花坛，这里的花胜在颜色多，面积大，自然赏花人也多。事实证明我来对了，粉的、蓝的、紫的、白的、红的，半山的紫阳开了半成，游人如织，竞相拍照。对于这种花期长，颜色雅，花形美，大片单株都喜人的紫阳花，我自然也没有抵抗力，在上海的路边若是碰到，也会随手拍几张照，来镰仓又怎能放过？

伊豆：山谷里的天空之城

去伊豆是个意外，原本的计划里，是要在红叶飘摇或白雪缤纷的季节里去找寻《伊豆的舞女》中山口百惠青涩动人的身影。结果因为定错了酒店，就阴差阳错地于夏季来到了伊豆。

从镰仓花了大半天时间去伊豆，整个伊豆地区，都是温泉乡，伊豆高原、伊豆三津、伊豆土肥、伊豆下田，还有一堆我读不出的片假名标注的伊豆地名……而我们的目的地在伊豆汤岛，辗转乘车的途中，通过车窗外的站台广告，我发现一件事——川端康成先生写《伊豆的舞女》的写作地，就在汤岛，对于喜欢故事的人，这个发现，让人

川端康成写《伊豆的舞女》的旅馆——汤本馆，也在汤岛

《伊豆的舞女》的故事就发生在这条街道上

落合楼村上的大门

住的枫屋

兴奋。

镰仓——大船——热海——三岛——修缮寺站，每一个地方都需要转乘电车，最后的目的地酒店，则需要转乘公交。买票的时候，拿出酒店预订单，问窗口后的阿姨应该乘到哪站下车，善解人意的阿姨除了为我们写下下车站的站名，还帮我们给酒店打了电话，预约了从公交站接我们的车。后来发现，从车站到酒店也有大约 3-5 分钟的盘山路。

我们入住后才知道，“落合楼村上”，这个名字极其绕口的酒店，落成 100 多年，除了建筑是日本重要的文化财产，酒店本身也是“日本绝景温泉美食旅宿 100 名选”

旅馆很大，跨河而建，浮桥出现在由井上靖小说《记我的母亲》改编的电影中

下午时分的走廊

之一。另一位文豪井上靖钟情此地，根据他的自传小说改编的电影《记我的母亲》就是在这里拍摄取景的。

酒店位于两条河交汇处，园林般的庭院一直洒水保持路面潮湿，典型日式玄关，大堂有西式的沙发，办理入住的时候，给我们每人备了一杯自酿果酒，酸甜沁凉。和其他日式酒店不同，这里采用了很多通透的玻璃，酒店内部有一些小庭院，每一个都可以推门走入，还有一座约百米长的吊桥，阳光透过树林照在水面上，反射出柔和的光，不潋滟，点点闪亮。穿过桥，一排观景长廊，也是酒店自家的领地。新绿的枫叶、潺潺的水流、稳固的吊桥、日式风情的庭院和建筑，以及穿着浴衣闲庭信步的住客……不

当晚菜单

摆盘的一片新叶，一块萝卜，煞费苦心

食毕

知是一小杯果酒使人醉，还是此情此景更让人心醉？

住在面朝庭院的和式屋里，跪坐在榻榻米上，喝茶小憩。可以在院子里散步，石灯柱、青苔藓，还有修整得十分整齐的树木和石头小径。换在别的日式酒店，这房间的景致已经够惊喜了。而在这里，还有更多惊喜：独享包间的水月会席料理，预订时间段包场的露天温泉，穿过如瀑布般流水可达的洞窟温泉……

最为难忘的是，我们在这里邂逅了梦境般的仲夏夜。

晚上9点，我们在酒店门口领好纸灯笼，身着浴衣脚踩木屐去往河边，桥旁有工作人员收灯笼，提醒我们小心过桥。上桥便听到《天空之城》的主题曲，过完桥，发现是真人乐队现场演奏，笛声悠远，荡漾山谷之间，围观人不少，都很安静。仰望天空，没有漫天闪亮的星，没有城市的喧闹，鼻子和肺收获清润的呼吸，耳畔是流水声和音乐声交缠，就这样放松身心，直到曲声终了，掌声响起，才意识到身在人间。往前走，看到水面上偶有绿色萤火虫飞过，定睛看，绿光变多，每一只虫儿都在慢慢飞，在水

夜晚，打着灯笼，走过浮桥，追逐萤火虫，耳畔是潺潺水流和真人乐队演奏的《天空之城》主题曲

面上、山洞内、树林里，停落起飞，忘忧飞舞。是的，这是近年来最为美妙的夜晚了。

记得开始说起的川端康成吗？对，他在汤岛住了四年，在我们看萤火虫的地方邂逅了初恋，在不远处的“汤本馆”写出了《伊豆的舞女》。很遗憾，我们去的时候，这家酒店闭馆，无缘亲见文豪年轻时住过的房间。

说回“落合村楼上”，毕竟这里亲自住过，除了略远，全都值得推荐，但正因为略远，才能暂离喧嚣啊！酒店一共只有15个房间，满员可住宿60人，预订要趁早！

交通路线

东京站乘“特急踊子号”到修缮寺站，下车转公交到汤岛，可联系酒店来汤岛接站。时间班次要看好，另外，新宿站也有巴士3小时可达修缮寺站。

温馨提示

每年6–7月初，晚间可看萤火虫。

热海：路过不错过，鲷鱼饭真滋味

计划了一条东京—镰仓—热海路线，想寻访和小津安二郎先生电影有关的地方。《东京物语》里，在东京打拼的儿女们为了省事，替年迈的父母安排去热海温泉旅店度假，两位老人在喧闹的度假酒店里难以入眠，他们的房间门口是两双整齐摆放的拖鞋。不知道为何，这个画面触动了我，当时就决定要来一来东京附近的热海。于是在原本打算看紫阳花的6月，把镰仓之后的行程安排给了热海。日本走多了，不太作细致的计划，只订好每天的酒店，至于具体玩什么，则到了目的地再决定。日本到处都有方便可取的旅游资料，虽说都是日文资料，可以我们的中文能力也能看懂个六七成。这些资料图文并茂，信息翔实，大到景点推荐，小到公交班次，一应俱全。

那一次，关于热海，只在网站上订了“落合楼村上”酒店，选择这个酒店也很简单——它的建筑是日本重要的文化财产。

出发前，丝毫没有担心找不着酒店的问题，只犹豫6月天去热海泡温泉是不是有点不合时宜？东京的朋友安慰我道：东京人都是夏天去热海玩的。那里有温泉还有海，可以嬉水，放心去。

到了热海站，导航不出如何去酒店，略慌神，赶忙去站前的“观光案内所”（旅游咨询站）询问，热心的服务小姐先是对这个酒店名表示陌生，当我拿出预订单，非常肯定地表示这个酒店在热海时，对方开始用网络帮我搜索，这一搜才发现，酒店位于伊豆汤岛，离热海要乘两次电车、一次巴士。这下轮到我傻眼了。日本的服务人员真的非常专业，她拿出一张周边地图，耐心地划出换乘站点、换乘的线路和方向。在看这张地图的时候，我才意识到——第一，伊豆很大！第二，伊豆离热海很远！第三，我们的目的地酒店是在伊豆而非热海。

旅行的更多惊喜原本就是在计划之外的。既来之则安之，到了热海也不能错过这里的精华。东京的朋友给我们指引了站前一家鲷鱼定食店——海山，且用谷歌地图的实景，发来了店门照片，完全不用担心找不到。

鲷鱼有红烧、干煎、刺身几种做法的定食（套餐），最受推荐的是红烧鲷鱼，上桌时听到隔壁桌发出惊讶的喊声：很大份！除了头以外的整半面鲷鱼，撒上葱丝，辅佐菜苔，是整个套餐中最令人垂涎的部分。此外还有开胃小菜、章鱼仔、流黄的温泉蛋、顿顿不会少的味噌汤和一碗喷香的晶莹米饭。论口味，如果你吃过上海的红烧甩水，一定不会陌生，不过和本帮菜的浓油赤酱相比，这里的红烧显然清淡许多，鲷鱼肉嫩、皮弹、刺少，佐一口米饭，鱼自身的滋味荡漾唇齿，棒极了！

每到一地，我都不会错过当地啤酒，日本人把啤酒念作“比卢”，是英语“Beer”的音译，日语没有“r”这个发音，几乎所有的“r”都念成“l”。每一处啤酒的酒标都有当地特色，风情万种。热海的酒标则是川端康成《伊豆的舞女》的漫画版，还写有“浪漫”二字，意指这里是个浪漫的发生地吗？冰爽的啤酒瓶伴随噗一声开启，麦味浓郁，泡沫细滑，口感极好，一口下去，令人大感满足。

来一杯热海啤酒

浓油赤酱的鲷鱼饭定食

鲷鱼模型

热播日剧《Hero2》中有一集，木村大神和北川景子就是在热海拍摄的外景。海滨、花园、神社、温泉，潜水、冲浪、漫步，比起箱根，这里少点精致，多些选择。选一个春夏，来热海吧。

关西地区

高野山，夜宿寺院

曾听说高野山在日本的地位相当于中国的西藏，是唐朝来中国求法的空海大师在嵯峨天皇的允许下，于和歌山县开山创建真言宗（东密）的一片圣地。后来在大阪的地铁站里，看到过一张高野山的海报，古木参天似与世隔绝，便决定要去。两年前第一次在山上的宿坊住了两个晚上，早课晚修，抄经吃素，徒步山间，耳畔清幽，安然享受。还恰好遇上了结缘灌顶法会，在黑暗中向坛城投花，收获了英文流利、眼神温和的僧人师傅的美好祝福。

高野山最著名的景点有三处：1200年前就有的真言宗总寺院金刚峰寺，包括根本大塔、御影堂等国宝级建筑群的坛上伽蓝，以及全长两公里的埋葬丰臣秀吉、织田信长家族及众多亡灵的奥之院参拜道。重要法会都在坛上伽蓝一带举行，神圣庄严。而奥之院一带虽说是灵场，肃寂却不恐怖，随处可见的石刻墓碑、地藏菩萨像都被青苔包裹，善男信女们则给地藏菩萨像穿戴起手工制作的衣帽，非常亲切。当然，金刚峰寺里的蟠龙庭你也不能错过，那是日本最大的石头庭院。

高野山是世界文化遗产，2015年将迎来开山1200周年纪念，有诸多庆祝法会。我曾去过高野山，原本打算届时再度前往。不过2014年这次的两辈人之行，因好朋友小草要上山，而临出发前修改了行程，把原定在京都的最

山上参拜的僧人们

高野山上山的公共交通工具——楼梯电车

2015 年，高野山开山 1200 周年，要去呀！

宿坊一景

后一夜改去了高野山。

上山不易，从京都乌丸站辗转至高野山，前后用了近4个小时。到达这次要居住的赤松院宿坊，住持薮本寿纪先生亲自欢迎我们的到来，接着有一位年长的师傅带领我们去住所，穿过长长的铺了红地毯的木地板通道，令我以为自己走进日剧《大奥》了，在4号房间门口，师傅停下，告诉我们，这是入住的房间，由于客人没有住满，豪气的师傅把5号房间的钥匙也给了我们，让我们母女住一间，父亲单独一间，意思是这样地方更宽敞，住起来也更方便些。真是贴心！走进三进式榻榻米的和式房间，独立卫浴，面朝庭院，风景如画，景致绝佳。阳台有西式座椅茶几，可以看书看风景，更适合老人。我则喜欢坐在榻榻米上，一秒钟可以躺下。考虑到山里有蚊虫，通往院子的门外还装了纱门，这好像是我第一次在日本看到纱门。

师傅为我们泡了热茶，拿来点心，让我们调整状态，慢下来适应山上的节奏。清淡的素食餐后，一家人开始漫步半山。

因为来过，可以不拿地图就前行。金刚峰寺，金刚三昧院，路旁的寺院随走随逛，逛累了吃一支豆乳或芝麻冰淇淋，或找个树下的凳子坐一会儿（日本景点休息的地方特别多）。奥之院两公里的参拜道，父母走来不觉阴森，反觉风水好，是块宝地。

山里吃饭早，5 点半就要开始晚餐，又一次需要坐在地板上吃饭。隔断的空间四壁，都是中国山水画，如果不是坐在地上，你一定以为就是在中国。这一顿“精进料理”（全素和食）有三个方形的托盘，每个里面都有大概五六只小碗，细嚼慢品，一顿饭下来，吃了十几样东西，让人感慨僧人怎么也可以这么滋润？一打听才知道，寺院里的僧人，只有白米饭、豆腐、酱菜，比我们简单朴素多了。

晚上带妈妈去泡汤，有轻微洁癖的她对于泡池子这事有些嫌弃。我教她先在淋浴处洗净，再泡，出来后冲一下再去擦身即可。照做后，她发自内心地觉得浑身放松，爱上了泡澡。

睡前抄一遍心经，隔天早起，6 点半在寺院的本堂做早课（听师傅们诵经，然后上香参拜）。和住持聊天，得知他 10 岁起就生活在这个寺院里，至今已 60 年。赤松院是山上数一数二的大寺院，宿坊更是全山最大的，忙碌的时候，18 位师傅需要照顾 120 名客人的饮食起居，还不能

山上吃的素食料理，清清淡淡，十分美味

睡前抄一遍心经，历时越久，心越安宁

耽误自己的早课晚修。邀请他去我们居住的庭院里合影，麻利的师傅不忘随手装两盘鱼食，击掌，吸引锦鲤们争先恐后来早餐。早课、早餐、送上一批客人、和我们聊天、喂鱼，一早上觉得师傅很忙，但他看起来却那么自然，好像都是顺手的事情。

结账，发现一泊两食的价格人均不过千，离别时，师傅还特意送了根金刚绳手串，并亲自为我戴上，戴的时候，耐心地告知戴法，亲切得像一位家长。

一定，要再上高野山。

京都杂谈

读蔡澜先生写日本，大雪天造访南禅寺，只为尝一块昆布熬汤煮的豆腐，便忆及 2012 年 5 月初松尾妈妈带我们去的京都一日品。

在日本，男人是东京的好，有冲劲，女人则一定要找京都的，有气质。一方水土养一方人，京都的历史注定了这里的人都是有些骄傲资本的。松尾妈妈说，大阪人来到这里，是会被瞧不起的，他们被认为比较粗糙，大嗓门。是的，京都这座古迹遍布的历史古都，处处散发着精致与细腻。精心修剪的绿化、用山泉煮的豆腐、庭院里砂石作画的枯山水风景——生活的极致，应当是在京都吧？所以这样的城市，注定是要品味的。这座城市甚至用免门票的方法鼓励居民穿和服，为的是让我这样的游客能有穿越时空的惊喜感吧。

那天先去了伏见稻荷大社，橘红色鸟居连成长廊，诚意比天高。想象力不足的可去看《艺伎回忆录》，找寻在红色里奔跑的视觉震撼。

接着便是沿哲学之道去往南禅寺，去时樱花已是末期，即便仍有残花飘落水中，但觉有些恶心，好似一胸部下垂、满脸皱纹的老妪，非要惺惺作态，瞧瞧，人就是如此现实，当初樱花正当时，一阵微风，花瓣飘零，我会说落花流水，而今只得垂死老妇下场。对花如此刻薄，何况对人。

红色让我迷恋这里

绿色让我爱上这里

京都红叶

这样说自己喜欢的樱花，可能还有一个原因，便是听了松尾妈妈说的，其实日本人在自己的庭院里是不会栽樱花树的——糖分太高，实在太惹虫了，会给邻居带来困扰的。看吧，又和人一样，表面的完美，背后一样有缺陷。只是谁也无法抵御樱花雨的惊喜。

抵达南禅寺的时候，已是黄昏，雨越下越大，忍者路上没什么游客，寂静得只听到自己鞋子沙沙作响的声音。（路是细石子路，据说古代走这种路，就不怕忍者来刺杀，因为会有脚步接触路面发出的声音。）古木参天，外带青苔翠绿。松尾妈妈看到我对那么多的青苔不停按快门，一定认为我少见多怪吧。

松尾妈妈说，南禅寺在日本很多凶杀电影中出现过，她搞不懂为什么那些电影的导演会喜欢这里，明明没关系的啊！我脑海中马上想起松本清张的《颜》，男主角约了一个证人，想在这里杀了他……不过回来证实，是记忆出错，反而在更像京都旅游推荐片的纯爱剧《初雪》中，找到了这里。

山门外，驻足听雨，观望庭院，深深浅浅的绿，宁静安逸，时间静止。一位当地人，牵了两条狗，自成风景。

PS

这之后，我又专程去了一次南禅寺，却遭遇台风，吃了闭门羹，执着的我于第二日再次前往，终得门开，不负所望。

洛匠与锦鲤

朋友圈里看到有友人贴锦鲤的图。身披锦缎没有记忆的生物，水中的绚烂之美，令人啧啧赞叹。

中国一般在寺庙的放生池里会看到一群群的锦鲤，岸上一排人投食喂养，锦鲤们有年岁已高的，体形极大，简直成精。日本很多庭院的池塘里，也都能看到锦鲤，不过投食者寥寥，微风吹皱的碧水里，它们长不过一尺，无忧无虑，不会哄抢，漫无目的闲游状似乎与周边环境更为协调。

高台寺隔壁的洛匠，路过不要错过

红叶季的池塘，落叶加锦鲤，
让人不禁停下脚步

石板桥下的锦鲤

最惊艳的一次，是在京都傍晚去高台寺赏枫前。路过一家庭院，透过木栅格，看到灯光、假山、瀑布、石桥，绿叶映衬下，有一汪小小池塘，我鬼使神差地停下脚步，打算进去看看，才发现是一家茶室。人多无座，服务小妹请我先在庭院的长凳上等待，正合我意。看看被苔藓覆盖的假山，一两株粉色怒放的山茶花，长不过半米的石板拱桥下，一条黑白分明的鱼儿直穿而过，仔细打量，水中还有烟雾效果，让小小自然莫名平添了一阵仙气。

没一会儿，小妹微笑着招呼我有位了。点了推荐的套餐，抹茶配蕨凉糕（好像是打磨细腻呈透明状的糯米团裹黄豆花生粉）被小心翼翼地盛放于烧陶制深色茶碗和餐碟中，充满仪式感地被端至面前。尝一口凉糕，甜度适中，入口软弹，搭配一口微苦的抹茶，风味绝佳！座位侧面就是景致独家的庭院，一种这就是京都的感觉，赏心悦目，让人久坐不舍离开。至今想来，画面萦绕脑海挥散不去。

落座后才知道，这家走过路过没错过的茶屋名叫“洛匠”，历史悠久，盛名在外，若是下午来，必会排长龙大队，而我就这样一切刚刚好地经过了。

洛匠地址

京都市东山区高台寺北门前通下河原东入鹫尾町 516

交通路线

JR 京都站乘坐市巴士到东山安井站下车，步行约 8 分钟。去清水寺、高台寺都可以顺路前往。

落柿舍

年前在上海太原路上的喜随会所和几位新朋友、几位老朋友匆匆相聚。院子里，有一阵腊梅幽香，还种了一棵柿子树、一棵橘子树，枝头上挂着沉甸甸的果实。橘子大个儿，柿子量多，若不是抬头，不会在意这些剩下的果实。

想起京都岚山的落柿舍，俳句大师松尾芭蕉的弟子向井去来的茅屋。得名于江户时代某年秋天，满树的枝头挂满渐红的柿子，有商人路过，见此情景，付了一笔钱预订树上的柿子。谁知夜里一场风雨袭来，吹落了尚未熟透的柿子。早间起来，面对满院的落柿，明白天意不可违的舍

一分钟就可以逛完的小院，也许正因为它小，可以用别的方法逛，比如就坐在这儿

柿子还能落一会儿

主只好退钱，并风趣地为茅舍命名："落柿舍"。三个字，如今就在柴门旁。

一进舍门，极小的庭院，低矮的茅草屋，屋内一眼望穿。深秋季节，高高的枝头缀满丰收的柿子幸福地伸出篱笆墙，游人坐在院子里，偶然熟透落下的柿子化作春泥，无人打理。环视四周，全景不过一个转身。所以舒国治先生建议，落柿舍只需在门外张望。

曾经在满目红黄的绚烂深秋驻足于此，虽无法举目望岚山，但曾拥有那一刻的清静，忘忧，足矣。

PS

日本深秋季节的旬物（正当收获季节的食物或用当令食材做成的食物）是柿子。不过柿子是硬的，切块吃，口感像苹果，不似中国南方皮薄肉软汁水多的红柿。

大山崎山庄美术馆与威士忌

和朋友聚会，桌上开了一瓶山崎 12 年威士忌，略感兴奋，因为曾去过位于京都附近的山崎，感受了一把家族企业与文化产业的完美结合，亦领略了日本的山居生活。

山崎，位于京都郊外，空气清新，氧离子丰富，有一条当地人引以为豪的水源。山崎蒸馏所和安藤忠雄设计改造的大山崎山庄美术馆就安隐于山林中。山崎是个小站，下的人不多，目的地距离地铁站步行还需十多分钟，去的时候是早秋，遇上暴雨，深深浅浅的绿，加上雨水的冲刷，世界看起来像加了滤镜一样干净，完全没有杂质的空气，让每个人都会贪婪地深呼吸。

位于山中的山崎蒸馏所有 90 年的历史，也是日本历史上第一座威士忌蒸馏厂，因为酿造出山崎单一麦芽威士忌，所以被誉为东方威士忌发源地。

这瓶山崎 12 年威士忌，没有专业人士会兴奋却让我讨厌的煤泥味，亦没有碘酒味，却是能让我接受的味道。蜡烛的光投射到盛放着被冰块稀释的酒液的玻璃杯上，有种不安分的美感。

大山崎山庄美术馆是朝日公司投资改造的，一眼望去，是保留完好的日式大庭院，树木花草被精心修剪，草坪中有如油画一般美妙的池塘，只是睡莲少了些许。合掌形深褐色别墅修旧如旧却窗明几净，二楼有视角绝佳的景观阳京都郊外的大山崎山庄美术馆，安藤忠雄 20 世纪 90 年代改造的作品，地表是旧建筑修旧如旧原貌保留，地下则是他擅长的混凝土现代简约风美术馆

台，提供甜度适中的下午茶点。远望去，烟雨中的远山，佛塔，古木，自成一幅山水画卷。别墅里收藏了各时代的古董，别墅底部，是安藤先生增建的部分，由一条廊道引至地下，混凝土结构的建筑里，两幅莫奈的真迹，安静地悬挂在那。前两天遇到一位画家，说起莫奈的造诣，他说是一种流动的美，终于能够领悟，为什么第一眼觉得他的画普通，而后越看越觉身心舒畅。

会对这里记忆深刻还有个原因：我在这里遇上了暴雨，在一个过道里等待雨势变小时，看到有两个学生模样的女孩子远远走来，我便拼命对她们挥手招呼，示意她们用伞撑我至入口，谁知这一帮，就成了共游全程。甜点和赏画的记忆，一定是因为有她们而变得更加清晰。

PS

似乎每一程都有值得记忆的人呢！而他们总出现在风雪暴雨中。

两辈人的京都

选定这次行程，只是希望让不理解我一直跑日本的父母能感受我喜欢这儿的原因；选择京都，是因为这里既有东洋古风，又有都市便利，目的地可选范围多，出行不算辛苦。

出机场，父亲还很不屑，觉得这里清净只是因为人少。而到了京都站前只一碗拉面的工夫，父亲已经改变观点——“这里真文明啊！人都很有礼貌。”母亲则发出“汤真鲜”的评价。

当我们下出租车，头发花白的司机老伯帮我们拎下箱子时，父亲又生感慨：“我都扛不动！”

在小山园喝抹茶时，父亲把身后的装饰摆件、桌上的杯子，都拿到手里仔细端详，结论是：“很用心，做工不错。”

傍晚的鸭川边，老人家走不动，在河边坐了一会儿。“啊，还有虫叫！不知道日本蟋蟀斗架可狠？”起身本想一走了之，我提醒需要把垫在地上的纸收走，看看整个步道没有半张废纸，老人家赞同地点头。

一路上，町屋式老建筑和各家有创意和诚意的招牌暖帘吸引父亲不停驻足拍照。原来我这种爱好来自遗传。

老烟枪的父亲被关照不能随便抽烟，一路难受，结果不仅眼尖地发现吸烟点，还顺利地向日本大叔借了火。

两辈人的京都第一日。

饭店门口的食材陈列，看着就有走进去的欲望

路过一家护肤品店，母亲大人对装修表示诧异

中国妹子租下百年町屋改造
的旅馆，地理位置佳

坐在鸭川边休息，可以听到虫鸣，父亲大人表示开心

此外，推荐这次新选择的好用上网卡——达摩卡。

继嫌弃 B-mobile 需要设置麻烦且速度慢，樱花卡上不了谷歌地图无法找路后，继续摸索霓虹上网卡。这次买的达摩卡，收到时看介绍觉得极其繁琐——需要提前注册、开通、安装插件等。

出发前夜在手机上用家中 Wi-Fi 完成注册开通并安装插件（都是直接点击页面 Link 就完成的，一气呵成比 B 卡简单），到了日本，开机，秒速联网，信号稳定且可以热点共享，网速也 Ok。谷歌地图、Facebook、微博、微信，顺利使用无障碍。遂推荐！

PS

达摩卡仅试过 iPhone，没有试过插在移动 Wi-Fi 设备或其他手机里使用，不清楚是否同样好用。

他写下了“静心”

这天天不好，计划带父母去岚山乘嵯峨野观光小火车兜风。

步行至 JR 二条城站，搭车至嵯峨岚山，糊涂的父亲出站时，把交通卡塞进出站机器里，造成故障。娴熟的站台工作人员见状，打开机器外侧，试图用手把卡取出，谁料卡比一般卡壳的单次票厚，任凭调整缝隙，掰开卡扣，都无济于事，小帅哥甚至去工作间拿出了剪刀和螺丝刀，依旧不能解决问题。最后，他耐心地一点点转动传送带，终于把卡取出，交还给尴尬的父亲，没有任何抱怨的言语或神情，还给我们指了换乘的站台方向。

这位工作人员让我不禁心生感慨，即便是我，遇到这样添乱的老人家，也会不给好脸看吧？可看看人家，我只好安慰自己，回去需要修炼！

搭上复古的小火车，沿保津峡，穿树林，钻隧道，跨河川，越桥梁，雨势越来越大，不得不关窗看雾气中的岚山，好在这一路淋不着雨，又不累。热心的工作人员给我们一家三口拍了一次成像的快照，成了我们的全家福。原打算从龟冈搭船下岚山，谁料因为天气的缘故停航，于是我们选择继续坐小火车下山。

天龙寺门口都是人，渡月桥畔车来车往，打算去竹林看看，依然每一个转弯都是人，考虑到往上走老人家体力

去往岚山的复古小火车

习字时面对的庭院

大河内山庄习字的地方

父亲大人说：这是手抄版《蝶恋花》？

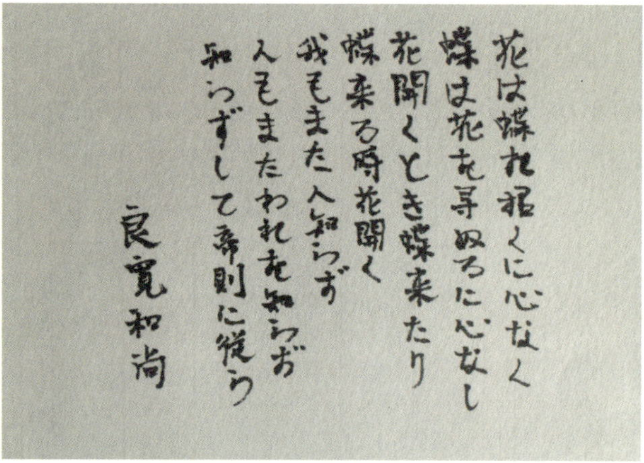

来来来，休息一下，喝杯茶

可能也吃不消，遂选择带他们去大河内山庄——昭和时代演员大河内傅次郎费尽毕生精力建造的大庭园，之前没有演员能做这事，之后应该也没有演员做得起这事。维护庭院一定是笔很大的开销。

事后发现，选择这里是一个极其正确的决定！1000 日元的门票让一些人都不会考虑进入这里，然而 1000 日元门票除了可以逛一个人少精致的院子，顺着路的方向感受一步一景，至高处眺望整个京都，在石阶上发现蠕动的蜗牛，在妙香庵里写字观心，还可以在茶室里享受一碗薄抹茶和一块和果子。当父亲跪坐在榻榻米上，写下“静心”二字时，我知道，这里算是选对了！

珊娜推荐了龙安寺

两辈人在京都的第三个早晨，与“間”旅馆的珊娜聊了会儿天，知道她是内蒙古人，6年前在国内学的油画，毕业后来京都学了传统工艺——漆器制作。曾经在35度的密闭空间做修复工作，过敏到满身脓疮也无法停止对传统手工艺的热爱。

1年半前开始在中国老板娘开的“間”旅馆工作，每天用小画总结生活点滴，看到灶台上热气腾腾的食物想象客人入口时的满足，在房间里通过枕头睡衣摆放位置琢磨客人的生活习惯，努力要让客人像在自家一样舒服地休息，

相比不远处的金阁寺，龙安寺要宁静许多

坚信只要努力马桶也能刷出花儿来。

她还有一个自己的“逃跑计划”——利用休息天，陪陌生人或朋友感受京都周边的美好。她让我特别难忘的一句话是：“在日本你享受日本人的服务是好，但如果你给日本人打工，你准备半条命吧。”他们不光要求严格，还会怀疑中国人，包括你的能力，甚至你的人品和智商。但珊娜通过行动证明了自己。她还决定，2015 年的 1 月要在京都开自己的画展，为了这个决定，她把自己的存款全投进去了！

对于这样的女孩子整理的房间、做出的早饭，父母心存感激，听过这些经历，父母更为她感到生存的不易，而早上的这些小画，淡淡清新的色调，幽默的视角和简短却点睛的配文，使我们都很期待她的“逃跑计划”能让更多人发现京都的美好，她的画展能让更多人认识她。

这一日，出发前和珊娜说我们要去金阁寺，毕竟这两天去的都不是大众会去的地方，而父母出门，总要安排些辨识度高的景点。珊娜说，哦，那一定再要去龙安寺的庭院啊！果然，在金阁寺我们只不过是到此一游，拍照留念，而到了龙安寺，母亲喜欢枯山水，父亲喜欢绿庭院。我则觉得光脚在人少的地板上来回走就很好。不知不觉，大家在这个寺停留最久，不知算是旅行、感受还是休息。待到时间不早，我建议索性在这个寺里来一份京都汤豆腐作午餐，老人们欣然接受。

沿着绿意悠远的枫叶林，掀开门帘，穿过石子小径，走进有着玻璃开间和美丽庭院的豆腐店，于地板上刚落座，豆大的雨点就开始打在面前的池塘水面上，一口茶的工夫，雨竟如倾倒下来，我们庆幸作了这样的安排，可以静观雨景。池塘中偶有锦鲤吐泡，小径上的鹅卵石被雨水冲得锃亮。

禅意

世界遗产枯山水，从每个角度看都感觉缺块石头的玄妙需要细细体会

不能错过在龙安寺的西源院
来一顿京都汤豆腐

昆布熬水煮豆腐，蘸姜末、葱、芝麻，嫩滑清爽，可以品出食物原本的味道

老人对坐在地板上吃饭虽感新鲜，可到底还是觉得不便。认为坐太低，肚子被卡住了，腿脚也别扭，因此吃不下多少东西，偏偏和食一道道又特别多（油豆腐、冻豆腐、豆腐皮、嫩豆腐、豆腐干、豆腐布丁，光是我叫得出来的豆制品，就几乎都上桌了，还有其他各种小菜），看得都要晕……然而，这并不妨碍他们把定食里每一个小碗都吃了个干净。

不知是因为在这里停留了最久，还是因为在这里吃了顿美味的豆腐，或者是这里的清幽吸引了我们，总之，这个寺庙让他们和我都一路提及，仅用一块海带调味的汤怎么可以煮出这么鲜美的豆腐？石庭里的枯山水怎么会那么干净，没有树叶杂草？怎么这里比金阁寺人少那么多？……

这之后，回到旅馆附近的二条城，作为来了京都六七次，却一次都没进过城的我，想着好歹这里也是著名的推荐观光地，一起看看吧。景点很大，但我却没有特别的感觉。

来京都，果然少不了吃豆腐。尽管前一天在岚山的庵珠也吃了，可和龙安寺的汤豆腐一比较，老人们表示前一顿不足挂齿。

关于京都的“間”

这是一座由 100 多年的传统町屋建筑改造而来的和式旅馆，坐落于乌丸御池附近的西洞院，离二条城步行可至，门口地铁公交都很方便。斜对面是小山园在京都的店，薄抹茶和果子套餐以及抹茶冰淇淋不可错过（不是抹茶重度爱好者，厚抹茶不要轻易尝试）。老板娘是位在京都生活了十几年的中国人，学设计，做产品，爱生活，极其爽快的女子！几位忙里忙外的帮手都是中国人，个个热心、健谈。旅馆虽小，榻榻米很新，每间屋子都有独立的干湿分离的卫浴设施，一楼四季常绿的庭院是个人最爱。适合喜欢在交通便利的老城区感受日本传统旅馆风情的客人。在 Booking 网上可预订。如果你多待几天，建议向旅馆借辆自行车，骑行感受京都魅力。

京都禅宗：乔布斯独爱的苔寺

在读《乔布斯传》之前，“西芳寺”从来没有上过我的京都计划。通过那本书，知道了位于岚山的西芳寺，是乔布斯生前的大爱。查资料获悉，西芳寺之名取“佛祖西来，五叶联芳”之意，因庭院里生长着100多种苔藓，故又名“苔寺”。这里参观需要预约，因此，在我第N次去京都时，方才得缘与此地相见。

西芳寺又名苔寺，名副其实被苔藓覆盖

拿着预约好的明信片，于指定时间到达，门口有师傅核对卡片放行，接着去侧殿交 3000 日元。一般日本的寺院参观门票 300 — 500 日元左右，所以当我看到这个价格时，差点以为自己搞错，后发现这 3000 日元包括聆听诵经、亲手抄经、写许愿木牌、参观庭院等多个环节，瞬间觉得太值了。一同前往的朋友有一位是天主教信徒，和工作人员说明后，对方欣然同意她可以只参观庭院。于是，她享受了一个人的苔寺庭院！我和另一位朋友则进了大殿，和乌压压的一群人，共同跪拜、诵经、抄经、写木牌。师傅前半段诵经，后半段讲解，可惜都听不懂，且听韵律和声音吧。大约半小时后，由师傅带领大家一起走进庭院参观，我们则三人会合，刻意在庭院门口流连许久，只为和大部队错峰，感受真正的苔寺之静美。

庭院里布满了千年的苔藓，暗黑、深绿、翠绿、新绿、翡黄，各种深深浅浅的绿，像是地毯。阳光透过高处的枝叶，打到苔藓上，或水面上，折射出阴影，反射出镜光，让没有人的庭院如同仙境。即便一眼可以环顾庭院概况，步行却发现还有曲折迂回的上下小径（日本很多寺院都这样，看着很小，身临其中，却能折返看出不同风景）。上庭院有枯山水，下庭院也就是我们绕水而行的，正是苔寺得名的真迹——千年苔藓覆盖的绿林。清净纯粹，到了这样的氛围里，你会不自觉地压低声音，减少话语，开动眼睛、大脑和心来感知周遭，用 iPhone 按下快门，记录庭院的时候，我好像看到了乔布斯当年站在这里的景象，也似乎从缺口的 Logo 里，读到了苹果的禅意。

我们在这个寺庙里慢慢走，细细品，除了满目绿苔，还在出口处邂逅了早春的初樱，直到一步三回头地不舍离开，才发现，我们成了当天最后的客人，师傅把我们送出

千年的绿在阳光下散出深深浅浅

任何庭院都缺不了水的意境

苔寺的本堂和尽头处的樱花

大门，就关上了门。

自此，苔寺在我心中的京都寺庙排名中，跻身第一阵列。

苔寺参观预约指南

需先寄一张明信片预约你要去的日期，告知参拜人的姓名，寺院会回复你获准参观的日期、具体时间，持此卡片于指定时间前往，不得迟到。如果你怕麻烦或不精通日文，可上淘宝，有代为预约的卖家。

奈良之一：Nara Hotel

奈良，1300年前，模仿唐朝而建的城，鉴真和尚曾东渡于此。

奈良东大寺，世界现存最早的木结构寺庙。

奈良吉野山，4月的樱花会让漫山粉红。

奈良长谷寺，4月中下旬，牡丹盛开，繁花似锦，映衬朴素的木结构建筑，偶有僧侣穿梭，游人会有穿越时空的错觉。

奈良最为旅人熟悉，且最容易到达的，是奈良公园这

东大寺山门外

下雨天专程开车来喂鹿的爷爷

奈良随处可见呆萌的鹿

奈良长谷寺牡丹季盛景

一片，离 JR 奈良站步行可达。买点小薄饼，喂鹿，是外国人都会做的……

2014 年春日，又一次去关西，追樱之旅第一站选择直奔奈良。因为我觉得这里人少，所以格外喜欢这里。

在大阪关西机场乘南海电车，到难波站转近铁电车，约 1 个半小时可至奈良。

这次预订了位于奈良公园的奈良酒店。105 年前，它就存在。天皇、皇太子都下榻过，这不稀奇，卓别林、奥黛丽·赫本、爱因斯坦也曾住过，这真让我兴奋。爱因斯坦甚至还在这里弹了会儿钢琴，要知道，仅仅在日本，我已经第二次经过他老人家去过的地方了，上一回，是九州的门司港。这样无心插柳地追随天才脚步，会让我变得聪明些许吗？

奈良酒店，天皇曾下榻于此，清朝末代皇帝溥仪也曾来过

酒店的书签很有古都风范

酒店建造在公园的一处坡地上，进门是一条上坡路，还有一段忍者路，建筑是日式桃山御殿风格，分新馆旧馆，房间也有和式、西式之分。酒店门口一边停了一辆古董劳斯莱斯汽车，另一边是樱花藤架，去的时候花苞还完全看不出开放的迹象。

酒店进门有长长的木制前台，木地板木楼梯全都铺着厚软的红地毯，黄色灯光照衬得整个大堂有种 20 世纪二三十年代华丽的怀旧风情。房间重新装修过，窗外有绿意盎然的庭院，脚下有我穿过底最厚的酒店拖鞋。一楼咖啡馆的沙发布局，像极了北京宋庆龄故居的会客室：方正的沙发，布艺的椅套，工整却舒适的布置。对着新绿喜人的木框窗外，喝杯热茶，便可忘却烦恼。

酒店里有一处“旧大乘院庭园”，开阔清静，住客免费参观。酒店有两条出口道路，分别通往春日大社和猿泽池。这里非常适合不赶行程的散步旅行。

又一次和爱因斯坦交错时空相会，奈良酒店的钢琴曾被他弹奏过

在酒店住的晚上，认识了明年即将退休的 Toshiyuki Tsuji 先生，交流中，得知他 2010 年世博会的时候来过中国，不过是去的扬州，鉴真故里。后来因工作去东京的日子，他告诉我有一天奈良酒店有婚礼，可惜无缘参加。不过在他的 Facebook 里，看到了教堂前的樱花，已悄然绽放。

对了，奈良酒店里那幅爱因斯坦弹钢琴的照片，是 Toshiyuki 先生亲自从京都资料馆找来的。

奈良之二：食在古都

奈良，旧称“平城”。说说这一遭春日之旅，奈良的吃。

春日荷茶屋的晨粥：

去往春日大社那天，大雨，鞋子完全湿透。经过春日荷茶屋时，毫不犹豫便进去吃早饭，只因上一次来正值酷暑，一碗凉粥，沁人心脾，回味多日。这一回，只有我们三位客人，独享木制长桌，无人庭院，包场感强烈！桌上的粗陶花瓶里，插的都是新鲜植物，小橘子、含苞樱花枝，每一个花瓶都是艺术品。

春日大社前的茶屋——春日荷茶屋

一碗色味诱人的茶粥

排队才能吃上的饭

“当季限定”这个词，几乎是我们在行程中每一次点单的必要条件。春日的万叶粥，是暖粥里加一棵精心造型颜色碧绿的油菜，撒上一些喜人的炒米，上桌就是风景。配的小菜有蛋卷、魔芋卷和渍小鱼，酱瓜梅子混糟腐乳，佐早餐刚刚好，吃完觉得自己就是加满油做完保养的车，马力全开。

志津香釜饭：

如果你和我一样，爱吃煲仔饭，特别是越嚼越香的锅

奈良名物大佛布丁

名物的不同口味都用奈良特色大佛和鹿的形象来区分

大佛布丁店的招牌

巴饭，那去奈良，一定不要错过志津香。东大寺或奈良公园逛完，沿大宫通往近铁站方向走，国立博物馆对面一家排着长队的朴素小店就是了。下雨的日子，室外门内前后排了将近 2 小时的队，才得以落座。店内招牌是奈良七种特制“釜饭”，小铁锅配木盖，盛满虾、蟹肉、鳗鱼、鸡、牛蒡、胡萝卜、鲜笋、香菇、豌豆等食材，混米饭，另外还有萝卜酱瓜小咸菜和一碗味噌汤。

这一小锅米饭，每次盛出一小碗，盖好木盖，让米饭继续闷着，每一碗都有不同风味。第一轮饭软鲜香，蟹肉和香菇味道尤佳，虾肉和鳗鱼因为块大，所以入味稍差；第二轮略平淡，可用味噌和咸菜调味；第三轮，可以吃我最爱的锅巴了！我把小铁锅的边和底铲了个干净，当中的米饭只好剩下了。和煲仔饭比，“釜饭”没有香肠腊肉这些出油多的腌制品，也没有浇酱油，口味不重，但米饭和各种食材融合的鲜味，以及随着温度变化而变化的米饭软硬的不同口感，是这家的最大特色！

排队等候的过程中，可以去隔壁的冰室神社赏奈良最早的樱花，我们去的那天，神社门前那株 400 年历史的枝垂樱，正在春雨中盛放粉红。

限定大佛布丁：

日本人能把当地纪念品做到极致。奈良的这家大佛布丁店，既是甜品也是不可错过的纪念品。焦糖味、香草味、抹茶味、巧克力味、草莓味、酸奶味，总有一款适合你。每种口味都由不同颜色和图案的瓶盖来区别，大佛、小鹿，怎么都这么可爱？特别挑选了酸奶味的，打开还有一朵奶油花和一片金箔，久久不忍下口。这次来发现这家大佛布丁店开了许多分店，近铁奈良站也有，不要错过尝一口吧。

奈良名物柿叶寿司

平宗的柿叶寿司：

奈良最特别的寿司，是由柿叶包裹的。而平宗家则是奈良做柿叶寿司最有名的。据说奈良当地人都十分喜爱。柿叶里包裹着寿司，鱼是腌制过的，我至今无法确认到底是该连叶子一起吃，还是剥了叶子吃。我们选择的是后者，觉得这种寿司的风味，不是那种需要摆在精美器具里慢慢品味的，而更适合带去公园，就着风景，在嬉戏野餐时用来果腹。

最后，如果你和我一样，喜爱每天晚上逛逛当地超市，不妨买点当季水果，就着当地饮料一起享用。

神户印象

朋友打算“十一”去京都+有马，路过神户，问是否推荐，大为肯定之余，说说我去过的神户。

神户印象：

海边城市，很早开埠，有许多诸如神户异人馆、风见鸡馆的异域风情建筑，节奏没有东京快，时尚度超过大阪，精致不过京都。街头推婴儿车的年轻家庭特别多，活力十足。城市不大，从异国建筑群可步行到海边。

跳蚤市场：

去的时候正好撞上。古旧的书、不穿的衣服、锅碗瓢盆、玩具家电，各种玩意儿都有，铺满整个广场，甚至有位老伯直接让布娃娃坐在椅子上看摊。大多数人都在遛狗、遛孩子、溜冰，还有跳广场集体舞，就是没什么人购物，看看那些布满时间痕迹的物品和自娱自乐的卖家，除了阳光太新鲜，感觉都像来到了明治时代。

神社婚礼：

在神户也算亲历过日本人的婚礼。天满神社，新娘从头到脚一身洁白的白无垢（新娘礼服）碎步出场，其他在场人士多以素雅黑色套装为主，以示尊敬。神职人员主持冗长的仪式，还有向父母敬茶等环节，而后新郎新娘将和自家人一起，据说新娘会换上红色和服，从纤尘不染变为娇艳动人，还会动手打年糕给大家吃。当天晚上还有为朋

第一次在日本遇上集市，布娃娃也能看摊

近距离旁观一场神社婚礼

西化的神户街头

神户神社婚礼

友、同事、同学准备的西式自助，新娘将穿婚纱出场。结束后一帮人开房，围坐在一起喝混酒、嘎讪胡，新娘体力真是无敌！

神户牧场：

六甲山山坡上，满足地喝新鲜牛奶，并第一次围观剪羊毛，令我印象深刻。

神户大学：

靠山面海美不胜收的大学，女孩嬉笑卧倒于樱花丛中，你若笃信，青春便有张不老的脸！

神户牛肉：

作为日本乃至全世界都闻名的神户牛，错过你就白去神户了。

温馨提示

神户当地，建筑、海边、和牛不可错过，稍远有六甲山牧场、神户大学，爱泡汤的不可错过有马温泉。如果你是关西游，大阪、京都、奈良安排一圈后依然时间充裕，请给神户及周边预留完整的两天！

从有马到浦岛，温泉泡到太平洋

去有马前，特别预订了有马温泉的代表，700 年前由太阁丰臣秀吉题名的兵卫向阳阁，只为感受日本三大泉之一里最地道的“金泉”，而后当地的朋友知道我们爱好温泉后，特别又预订了全日本首屈一指的浦岛温泉。于是，这一遭游“霓虹国”，变成了泡汤之旅。想象一下，吹着海风，凝望太平洋的波涛澎湃，再泡着温泉，真是心旷神怡啊！

有马，毗邻神户，交通便利，丰臣秀吉携爱妻宁宁常来此小憩，因此桥头还有座宁宁的雕像，而老街上，有宁宁曾经居住过的行宫旧居。吸引英豪的除了宁静清幽，便是那泥汤般土黄色泽却远近驰名的“金汤”了。这里的温泉由于富含各种矿物质，对于风湿、神经痛等都有卓越疗效，同行的朋友因经常抱孩子肩部疼痛，泡完后评价“浑身轻松”！

沿老街上坡，隐藏着金泉源头，冒着白烟提醒我们这温度一定不低，各个方向都有不同铁管引流，这便是直接接入各家宾馆或民宿的著名金汤了！别看这些是铁管，由于泉中的矿物质丰富，钙化严重，它们可是需要每月更换的，否则泉水就会越来越细，直至堵塞。换下来的那些管子，被废物利用，锯开做成笔筒，或拼搭成各种造型的工艺品，也是只属于有马的纪念品。

有马传说是将军们爱来的泡汤之地，街道也充满古风

有马街道深处的金泉源头

泡汤的时候，正好下雨，身体浸润在厚滑的金泉里，呼吸在绿意盎然的大自然中，雨丝洒在脸上，感觉好似打通了任督二脉，浊气统统排出体外，更像是在经历一次清新心肺的洗礼。直到满脸通红，浑身畅快，才想起我们预订的是一泊二食，还有大餐等待着我们！日本人做事的精致是无与伦比的，世界上最复杂多样的碗碟，每一件本身就是艺术品，用来盛装花心思烹饪的食物，没有花椒茴香，没有浓油赤酱，有的，只是对食物本质的追求。精心摆盘后，食物被小心翼翼地献上，食客们可以在轻松悠闲的状态下品出食材的原汁原味。最不可错过的自然是神户牛，每人只有两三块，每块约两指宽，会有服务人员帮助烧烤，锁住汁水保持肉质新鲜嫩滑的功夫太深，我只能说，回忆

至此，口水快要掉下来。

老街入口处，还有一家必须要去的玩具博物馆。看过《雨果》吗？玩过发条玩具吗？童年的宝贝还收藏着吗？梦境里出现过流光溢彩的玩具天堂吗？我想说，每一个存有童真的朋友，都一定要去这里看看，进入这里的瞬间就能让你仿佛置身童话国度。

有马的温泉天堂之旅刚刚结束，日本朋友一家又带我们自驾去了位于日本本岛最南端的那智浦岛温泉，走走停停，竟然开了 9 个小时。中途在白浜休息午餐。日本去了几次，鱼市场却只去过两回，东京的筑地，很多人都不陌生，然而位于和歌山白浜的 Tore Tore Ichiba，我在去之前肯定是不知道的。这个超大的鱼市，光是停车场就大到令人咋舌，市场没有汉字名，各种类型的海鲜产品 90% 以上我都叫不出名来，只知道它们属于鱼类或苔藻类。它们的展出只是为了给人类进食。生猛的，急冻的，腌制的，片切好的，各种食用方法都可以。

带我们去的当地朋友让我们自己挑选。我们买了生蚝，店铺小哥关照这是需要烤来吃的，明明看起来特别新鲜，我们便问是否可以生食。小哥答：这些生蚝不是生食级别的，因此如果你非要生食出了问题，摊主是不会负责的，而如果你买的是标明可生食的生蚝，吃出问题，则店家会负责到底。这真是日本人做事的风格。

我们还买了鲸肉，暗红色，卖相不好，纯属尝鲜，实际证明口感也极其奇怪，酸而柴，嚼不烂，似乎是唯一没有吃完的刺身。

市场外有个高高的露台，很大，大约可落座二百号人，桌上有烤炉，买好食材可以来这里烤，可以自己动手，也可请伙计帮忙。于是我们这一行，生熟混搭，自己动手加

太平洋边的浦岛温泉

浦岛通往温泉的长道

伙计帮忙，不亦乐乎，混着爽口的扎啤，吃得亦是唇齿留香。

吃完后，快马加鞭去往目的地——浦岛，那里有全日本首屈一指的温泉旅馆，建在太平洋边胜浦港畔，同时又坐拥狼烟山半岛，有 800 多间客房，面向海洋或山上的 6 个温泉，让这里成为日本本地人的度假胜地。这里最有名的温泉名叫“忘归洞”，定是日本人泡到乐不思蜀了。由于是当地人带领，我们的车直接从对外停车场开到内部员工停车场。如果不是自驾，需要搭车到酒店专属码头，乘摆渡船进来，绝对的世外桃源。

酒店给我的第一印象是“大”，从房间走到吃饭的地方要走 10 分钟。第二印象是“古着”，这个日语词是用来形容二手衣服什么的吧？不过这里透露出的气息，总能让我联想到日剧《大奥》中的场景，长长的红色走道，在灯光下，穿着浴衣的客人三三两两，步伐虽没有那么讲究，也能引起穿梭时空之感。由于酒店太大，所以各个楼层、角落都有自动售货机，除了饮料、现磨咖啡，居然还可以买到匹萨、章鱼烧这些热腾腾的食物，真是怀疑机器里是不是有个人在为你服务。

放下行李去泡汤。忘归洞、玄武洞、矶的汤、遥峰的汤、天海的汤……这里泡汤的困惑在于你究竟要去泡哪个？肯定先去最有名的忘归洞，这里是个受熊野滩强烈风波侵蚀而成的天然洞窟，面海处洞口宽25米，纵长50米，高15米。泡在大洞窟的温泉里一边看日出、月升和太平洋的波浪这样的绝景，是多么惬意的一件事。除了海涛拍岸声，全世界仿佛都消失了，这样的情境，有生之年，请一定要亲身体验。

有马

交通：大阪梅田站乘阪急巴士（特急55分钟）至有马温泉

必吃：碳酸煎饼、神户牛肉

必游：玩具博物馆

浦岛

交通：乘坐JR纪势本线（名古屋经由京都、大阪前往新宫）至纪伊胜浦站后，搭乘客轮5分钟

必吃：梅子冰淇淋、会席料理

必游：那智山青渡岸寺

大阪：数次擦肩的地方

和人一样，有的地方，无论发生过多少次交集，却总不够特别。大阪作为仅次于东京的日本第二大繁华城市，给我的记忆却只是路过。

去神户，去京都，从关西机场起降过数次，关西机场出来，要么跳上 JR 去京都，要么搭南海电车去奈良，直奔大阪某地的计划从来没有。对大阪有印象的似乎也只有心斋桥和梅田。前者是著名的商业街，在格力高霓虹灯广

日本各个城市都有摩天轮，这是梅田某栋大楼顶上的摩天轮

大阪离京都不过几十分钟车程，却比京都接地气许多，眼镜店也可以摆摊

大阪烧和章鱼烧应该算大阪特色小吃了吧

充满时代感的烤肉店，肉食动物必入

道顿崛美食节上的的环形摩天轮

告牌闻名于世的道顿崛附近。后者是位于大阪站旁的商业区，赤色摩天轮在某栋楼顶上缓慢转动，地下美食街好吃的店铺都排队。

大阪于我而言，多了喧嚣，少了安宁，多了重口，少了清淡，多了市井，少了精致。当然，夜晚的大阪烧和小丸子还是很对得起 oishi（日语“好吃”）的赞美。

明明，我在拉面店收获了幸福的拉面祝福；明明，隐藏在一栋商务楼 8 楼的道乐分店也可以别有洞天，吃得父母满心欢喜；明明，在错综的地铁站里，遇到好心的日本阿婆，大约 60 岁，英语很好，走五分钟把我们直接带到入站口，并告诉我们站台，才鞠躬离开；明明，我还挺想去环球影城疯狂一下，可为什么，对大阪，无法生爱呢？

中部地区

犬山：重返昨日，明治村

这里有东京帝国饭店中央大门，抹茶发源地宇治山田邮电局，大作家夏目漱石住过的宅邸，写鬼怪的小泉八云夏居，明治天皇乘坐过的、现在依然可以行驶的豪华蒸汽火车……这些建筑古物的共同特点是都有 100 年以上的历史，这个地方，想去看看吗？

作为一直沉湎于回忆的怀旧派，当我知道有一座名叫明治村的村子，搬迁和复原了 1868—1912 年间明治时期

学生们在明治村前合影

东京帝国饭店中央大门

蒸汽火车

夏目漱石的家

席地而坐，想象夏目漱石在此写作的样子

温暖的“小熊写真馆”

67 座重要代表建筑，日常对外展出开放时，便立刻决定去那里！

村子比较大，分为五个街区，建筑分散在整个村中，村里除了建筑，树林山坡、河流铁路，应有尽有。村中有接驳巴士和小火车，可以根据时刻表和感兴趣建筑所在的区域安排路线。如要在一天内细细走完全村需要开启暴走模式。

我去的时候是 2012 年，当时日本的中国游客极少。夏目漱石写《我是猫》年代里住的旧居，只有我一人，席地而坐，想象当年他在这里写作，沏茶，抚猫，听雨，抽烟，与森欧外聊天。每次去往有历史的地方，最喜欢的事情就是静静地坐一会儿，思考那个年代的人当时在干什么。

在村里，有好心人帮我拍了纪念照片，最感动的是在红白相间西式建筑风格的“小熊写真馆”，看馆的阿姨，在得知我是中国来的客人后，用不流利的英语先向我道歉，再谢谢我来到这里，并指导我的坐姿，为我拍摄了古风的影楼照。那个原本酷热的下午，因为她真诚的几句话和友善的帮助，让空气中有了清凉的气息，那个瞬间，消逝的永在。

对了，2015 年是明治村开村 50 周年，要去趁早！

交通路线

明治村位于日本中部爱知县犬山市，从名古屋去很方便。可以安排在飞弹高山的旅行计划里。乘名铁从“名铁名古屋站”坐到“犬山站”（快车 30 分钟），再换乘公共汽车到“明治村”（20 分钟）。

高山：有座昭和博物馆

昭和（1926—1989），日本使用时间最久的年号，从“一战”后到“二战”战败，历经五六十年代经济腾飞，走到80年代末略带暮气的平稳，随着昭和天皇病逝，宣告时代的结束。

在日本中部的高山（又名飞弹高山，飞弹地区的中心），有一座私人经营的昭和博物馆，用生活中的实物完全还原了20世纪20—80年代的百姓生活。门口挂着手绘风格的

高山的昭和博物馆，站在路边即感受到浓浓的时代感

博物馆室内，模拟了昭和时代的街景

电影巨幅海报，进馆后如同踏上时光隧道，两层楼的建筑，还原了街道、居酒屋、派出所、邮局、理发店、牙防所、电影院、电器修理店、车行、小卖部、学校还有居住的人家，所有的设施都是可以进入的空间，凳子可坐，道具可摸，这对于恋物且怀旧的人来说，如同老鼠掉进了米缸。每一个空间都流连，恨不能在里面过起日子。阿童木、咸蛋超人、机器猫、不二家，电饭锅、电视机、照相机、摩托车……这里用实物展现了动漫和家电产业的发达。不知道有心的主人花了多少时间收集了这些。在我看来，这是高山最值得去的一处付费景点。

除了昭和风，高山“宫川朝市”（早市）也不能错过。早上 6 点开始，河边几百米的道路上，聚集了蔬菜、水果、海鲜、鲜花、手工艺品的各类摊贩。要么是商品的摆放吸引人，要么是手绘的宣传画让你驻足，买杯现榨果汁，边

用实物还原的 20 世纪 80 年代的百姓住所

饮边逛。红色的手工布艺猴宝宝据说是这里的吉祥物。

高山的古街道上，江户时代的木结构住宅使用至今。刷黑的木头，据说是坚固难腐的上乘好木，为了不露富，百姓们刻意都把房子刷成黑色，低调统一，现在看来，这个聪明的做法除了帮助他们把建筑保存至今，这黑墙的古街，又自成一道风景。古街上的原木招牌，家家门口的精心园艺，路人三两漫步，感觉比过分精致的京都小街，少了刻意，多了自然。

高山的祭典非常有名，巡游的 11 台屋台（漆面镀金精心装饰的价值连城的彩轿）平日会分散在会馆和一些高的屋子里收藏展示，赶不上庆典活动，也可以去屋台会馆，看看他们的精致手工。

逛累了，自然少不了吃，飞弹牛不逊色于排名前三的和牛，不管是街边的现烤，还是需要大排长队的专门烧肉店，风味一样绝佳。鱼与味噌一同放在大片枯叶上烤的“朴叶味噌”也是日本美食里难忘的美妙。

关于昭和时代，两部《永远的三丁目夕阳》，是可以补课的电影，片名、剧情、演员、服装，都很昭和风。

交通路线

名古屋站乘 JR 东海道高山本线特急，两个半小时可至。

四国地区

四国遍路

40天，1200公里步行，88座寺院巡礼，找到自己的发现之旅，名为遍路。

1200年前，自大唐取得金胎两部密宗大法，亦是高野山的开创者的空海大师，为了消除人世间的灾厄，在他的故乡四国，翻山越岭地开创了88座寺院，后人为了追随他的足迹，坚守信仰，找寻自我，开始巡礼88寺，于是便有了“遍路”之说。

遍路的人一般一身白衣，头戴斗笠，手拄金刚杖装备，身后印“南无大师遍照金刚·同行二人”字样。第一句和南无阿弥陀佛应该是一个意思，“同行二人”，不是说你与某个具体的人结伴而行，而是遍路的这一程，空海大师或是你已经去世的挚友或亲人的亡灵，将一路陪伴保护你。金刚杖在当今，驱魔辟邪的功能是小，如登山杖一样助你走完这一程，才是它的使命。考究的人还会从起点的寺庙购买一本手帐（记录手册），每到一座寺庙，请僧人用书法写上经过的证明并盖章（日本人的集章仪式无处不在），走完一次遍路，可以兑换一张类似护身符的凭证，普通的是靠不同颜色的纸区别次数的，而最高级别的凭证，是锦缎的，据说要走几十上百遍，才可以换得。遍路的沿途，会有很多善良的路人，送你自家做的饭团或是水果，而你最好的回礼，便是遍路的这一张吉祥凭证。

88 寺遍路，同行二人

四国香川是空海大师的出生地

空海

遍路四国的一路，会经过奔腾的吉野川、平静的濑户内海、清澈的四万十川……村庄街道、河流山川，那些都是沿途的风景，而 88 座寺院是你一个个阶段性的目的地。

起点法然寺，一路翻山涉水，会路过空海大师出生的善通寺，终点的大窪寺很难到达，也象征一种征服，走完必有收获。遍路可以全程徒步，也可以开车、搭车、乘船、走路混合，体会的是带着信仰走在路上审视自己的那一程时光。遍路的途中，只有一个人，简单到几乎无行李，忘记时间，远离网络，即便沿途也遇上遍路者，大多只共行一段，因此孤独感是无法避免的，然而正是有了这种孤独感，或者说正是因为每天走在路上，你只能正视自己，审视自己，思考自己，发现自己，因此据说每年全球有 30 万人会享受走完四国的遍路，而大多数人，走完后会感到犹如重生。

推荐两部和遍路有关的电影：江口洋介主演的《迷路的大人们》和田中丽奈主演的《行走、行走、行走，四国遍路道》。

濑户内海的岛上小日子

濑户内海位于日本偏南部，德岛、香川、爱媛、高知四个县包围着这里，春秋航空有特价航班，上海—高松（香川县最发达的市）往返含税约人民币 1688 元。高松离大阪 4 小时车程，搭乘航班者可预约免费巴士去大阪。

推荐位于四国濑户内海上的小岛旅游，准确地说，是推荐属于香川县的小岛。香川县盛产乌冬，因此也叫乌冬县。尽管此地是日本倒数第二小的县（相当于中国的省），我去了三次却还没有尽兴。

香川县由岛屿、艺术、宗教、乌冬组成。

直岛的南瓜码头

星罗棋布的岛屿中，小豆岛因盛产橄榄，成为电影《24瞳村》、《第 8 日的蝉》的拍摄地而出名；直岛因为安藤忠雄先生改造，岛上猫比人多，只有区区 4000 人，因被列为世界必去的七大岛屿第二位而闻名于世；丰岛上有一座局部没有屋顶，地上会不断冒水珠的丰岛美术馆；此外还有本岛、犬岛、大岛、沙弥岛、男木岛、女木岛等一众岛屿。岛与陆地之间大多靠渡船来往。除了小豆岛和直岛，其他岛屿船的班次非常少，一天仅有两三班，岛屿上的公交亦少得可怜，通行基本靠腿，因此这里不适合走马观花式的观光，如果去日本三次以内的朋友，不推荐这里，这里没有血拼，没有繁华，没有名胜，有的只是漫无目的的行走和沿途偶遇的惊喜。

艺术感最强的当属直岛和丰岛，直岛一到码头就会发现草间弥生的大南瓜，此外还有安藤忠雄博物馆、地中美

丰岛美术馆

丰岛，透过艺术家的作品看天空

丰岛，漂不向远方的船

术馆（馆藏好几幅莫奈真迹，可惜去了两次都闭馆，无缘亲见）、大竹伸朗改造的钱汤（澡堂）和牙科诊所、杉本博司改造的江户时代的护王神社等。我个人最喜欢的还是那座和寺庙宗教可以说没有关系的“南寺”，在那里感受大自然的神奇。

丰岛上有看天光的美术馆，有可以聆听自己心脏跳动声音的黑房间（心脏之音档案馆），有感受夏日电闪雷鸣暴雨的模拟房间，有围廊很有特色的海岛饭店，等等。个人最喜欢的则是骑上充电自行车，轻松地飞驰在左边树林右边大海的坡道上。如果想要进行自行车环岛游，则须安排 4–5 小时。

至于宗教，上文专门说过遍路四国，自己走了大窪寺、

海岛饭店，围着大树的有顶棚围廊让我想起中国古代的村中议事

长尾寺、善通寺、弥谷寺，各有其妙，暂且不表。

再来说说乌冬。这里临海田多，去的日子成天蓝天白云，田间作物长势喜人，自然收获的季节不会辜负世人。说到底，作物好，粮食好，面自然筋道，日本人又爱一生拼命地琢磨一件事，久而久之，乌冬好吃也是天经地义。我在当地无论是随便路过吃的，在车站吃的，还是在机场买的半生的特产礼品，统统没有失望过。

在直岛住过的民宿 Kuraya 值得在最后特别提几笔。这是一位 70 来岁阿姨的家，她与 6 只猫共同生活，说一口流利的英语，头发花白却妆容精致，会亲自做早餐，用 iPad 帮我查渡轮班次。她家院子可以仰望星空，墙壁上有各种岛上景观和猫咪的照片。在我眼里，她本人就是直岛的艺术品之一。

爱极了这种漫步岛上，一回头彩霞满天，走累了到街角来杯咖啡，或是转弯泡个澡，海边吹着风喝罐啤酒就着火腿的小日子。关键词：人少、安宁、空气好！

Mino：无人车站和俳句茶屋

Mino站（みの駅），是日本四国香川县一个无人车站，所谓无人车站，就是没有工作人员的小站。车子行至此站，如果你要下车，车票由司机查验，所以日本司机也是蛮忙的：开车、答疑、查票、补票、找零，都是他一个人的活。因为是小站，途经车辆很少，一小时只有对开各一个班次，

Mino站

俳句茶屋

站台只有一侧，两个方向的车都在同一侧上下。候车室也很小，十几平方米，一个饮料自动售货机和十来个座椅，便是全部。尽管车站很小，依然保持干净整洁，通风又舒服。对于没有看清楚电车时刻就贸然前往的我，未曾想过，在这里等待电车的午后，除了蝉鸣，再没有别的声音，看窗外树影摇动，阳光慢慢偏移到门口，到凳脚，再到自己身上，换个位置继续等待阳光的追逐，竟是一段难忘的记忆。

会去 Mino，因为这里有遍路 88 寺的第 71 座——弥谷寺。会选择去弥谷寺，不是因为这里供奉的本尊是观音菩萨，而是因为听说这里有一个俳句茶屋，100多年历史，所有的墙壁都被路人的俳句贴满，一串我不认得的名人也曾落脚于此。一个寺庙为何有这等魅力？那些人的字好看吗？茶屋大吗？这些好奇促使我前往。

弥谷寺离Mino车站还有3公里的乡间路，初夏午后的太阳十分灼热，去的时候，为了保存体力，在车站旁拦了辆出租车前往，一路小风吹着，蓝天碧野，赏心悦目，很快就到了。

安宁的树林中，沿108级台阶上山，路人极少，遇到的人包括工作人员一共不超过10个，古朴的木头本色的大师堂让人莫名感动，到达不易，宁静难忘。把俳句茶屋安排在下山时探访。寂静山中，茶屋门口铺着红毯的长凳特别醒目，窗沿和屋里挂满了白色长条，龙飞凤舞的书法字画，我看不懂内容，也看不懂作者。一位头发花白的老太太弯腰坐在屋中，自始至终没朝门外张望许久的我看过一眼，我尴尬得没好意思进门。只得在长凳上歇息，饮水，默默下山。

下山才知顶着太阳走到车站这3公里的苦，在空旷没有丝毫遮挡的田边，低头暴走，走到发蔫，走到眩晕，翻看手机地图，明知一条大道不会走错，却因为总也没走到街区而不放心。好不容易看到位大妈，赶紧问她车站在哪，对方所指的方向与地图相符，我致谢后，她心情不错地和我聊天，得知我是中国人，便夸我“厉害”。哈，能因为一个车站，一个茶屋，找到这里，我也觉得自己挺厉害！

栗林公园：米其林三星的风景

栗林公园，高松市中心的园林式庭院，花草树木，池塘游鱼，假山凉亭，木桥石阶，一步一景，被《米其林旅游指南》评为最高级别的三星级观光地。栗林公园有 400 多年历史的极富山水魅力的庭院，最初为私人宅邸，100 多年前成为对公众开放的县立公园。如果你去高松，作为市内交通最方便、最有名的景点，这里值得专门安排一站。

栗林公园最有名的是 100 多块石头和松树精心组成的龟鹤松，仿佛松立龟背，形态逼真，寓意吉祥。整个公园由湖泊贯穿相连，园内最大的木桥——偃月桥因半圆形桥洞倒映在水面极其禅意，且地理位置较高，适合观景，被几乎所有路人拍照留念。如果你看过根据三岛由纪夫小说改编，由妻夫木聪、竹内结子主演的唯美风纯爱电影《春雪》，一定要知道，剧中绚烂美妙如梦境般不真实的场景，大多都是在这个园子里实景拍摄的。

看到过樱花飘落的春栗林，青翠沁心的夏栗林，层林尽染的秋栗林，唯独银装素裹的冬栗林，尚未曾见。

整个公园，步行环绕需一小时左右，有雅兴可预约环湖泛舟。时间宽松不妨再预约一顿掬月亭的和式料理，或是品一碗午后的抹茶。坐于四面环湖的亭中，眼睛和味蕾齐享受“掬水月在手”的意境，风从湖面吹来，聆听鸟鸣花落鱼食声，偶有泛舟之上的客人、修建园林的老人经过，

米其林三星评判的不只有餐厅，还有公园，如画风景不过如此

坐在风景里享受美味，掬月亭里的餐席或茶会，一定记得要预约

会对你点头微笑示意，在这里，唯一要做的就是放松身心，感受时光的静静流逝。

那次临回家的日子，到高松机场后发现原本要搭的飞机还在上海尚未起飞，托运完行李，我果断跳上巴士去了栗林公园，1小时后，拎着便利店买的苹果、酸奶，坐在《春雪》中蜿蜒临水的枫岸旁，此时阳光温暖，水面闪亮，红黄绿枝叶相间的树木轻微摇摆，偶有叶子飘落水上，漫无方向。咬一口苹果，唇齿清香。那个时刻，多希望时间能静止。

入园门票

400日元

交通路线

公交栗林公园站、电车栗林公园站或栗林公园北口站可达，公园有行李寄存箱，抵达或告别高松的日子，都可安排前去一逛，机场线就停在门口。

掬月亭营业时间

9:00—16:30，喝茶吃饭都需预约（栗林公园官网有预约电话）

小豆岛之春

小豆岛，日本四国濑户内海三千岛屿中的第二大岛，飞高松或冈山搭船可至。

小豆岛不商业、不艺术，没有工业，渔业不发达，不出产任何豆类，有的只是无限春光和阳光的产物——橄榄和酱油。小豆岛是日本首个栽培橄榄之地，也是日本首屈一指的橄榄产地。橄榄油、橄榄皂、橄榄枝工艺品、橄榄巧克力……我以为世界上把土特产做得最好的国度就是日本，可每到一地还是会被颠覆印象，比如在小豆岛，我居然喝到了橄榄味和酱油味的汽水。

岛上有一条忽而伸向远方忽而消失不见的天使之路，相传恋人一起走过那条路，便可长相厮守。不过是伴随潮汐涨落的自然现象，人类真是爱联想。

你知道《24 只眼睛》吗？讲述一位乡村女教师和一群质朴的当地孩子的故事，被多次翻拍成电影和电视剧，这个故事就发生在小豆岛，所以岛上有场景再现的映画村，可以穿着浴衣去感受时空之旅。

个人以为，小豆岛上最惬意的事情有二：一是在微风中轻快漫步。岛上少雨多晴，徜徉在橄榄树中，信步在环岛路上，醉倒在春日樱花林中，晒着太阳，塞两个饭团，抿一口橄榄味儿的冰淇淋，瞬间精神焕发！另一件事是在夕阳下临海泡汤。岛上有一家泉水生成年龄超过 30 万年的天然古温泉，在入选“日本夕阳百选”的无敌海景温泉中放松身心，你，还会有烦恼吗？

小豆岛的春日樱花

直岛：白日梦境之睡莲

直岛是四国地区香川县天蓝海绿的濑户内海上，一座由安藤忠雄和众多艺术家改造的岛。梦里的睡莲，来自直岛的地中美术馆。

那天阳光很好，从售票处走到美术馆门口，有一条约300米的露天花道，花道种满了各色花朵，芍药、牡丹、月季、鸢尾、雏菊、波斯菊、马醉木，近百种大多不认得的花朵们，争相斗艳，绽放美丽。花道一侧是还原油画中种满睡莲的池塘，池塘周围有垂柳摇曳。另一侧是马路，只有极少的车和三两路人。

走走停停踱过花道，转向一个上坡，美术馆就那样低调地出现在你面前。灰色水泥隔出的门内，一条透光的灰色走道伸向远方。建筑内部是光洁的水泥面，顶部种满植物，人走进去，似跨入时光隧道。

馆内不能拍照，这才能更好地感知一切。准备好了吗？一起来吧！这里是线条、光影营造的世界。

水泥、线条、三角构成了一层，一个三角的空间里，每一个面也是三角，三角里有一条窄窄的缝，不同时间天气透过不同的光，笔直的一条，似被刀切断的光，照在灰色墙壁上，留下会移动的影。人在每个转角只露出头来，像一个移动的黑影。

名为地中美术馆，自然会走到地下。“光庭”，起初

安藤忠雄设计的地中美术馆，门牌边是售票处和寄存物品处，到美术馆门口要穿越约 300 米的花道

以为是一处休息区域，方形空间，四面沿着白色墙壁安置了座位，靠背后倾，人坐在上面会自然后仰，抬头望天，屋子中央好似天井，天光肆无忌惮地照下来。我一直在琢磨，顶上到底是有玻璃还是没玻璃，如果有玻璃，为什么没反光，如果没玻璃，四面白墙怎会没有雨迹？思考没有答案的问题之后，感觉到自己的变化：一种打开心胸抬头看天的轻松感、一种被天光和白墙包围的纯粹感，以及一种心情由好奇到平静的满足感慢慢升起。

光庭隔壁，有一处需要换拖鞋走进去的地方，空间很高，约两层楼，当中有竖隔断，把空间隔成两个区域。依旧是白色四壁，地面是类似马赛克材质的白色圆角立体小砖，更像冰糖块。砖因为是圆角，所以有规则的缝隙颜色略深。天顶也是白色，三两个人坐在隔断旁的凳子上休息。走近隔断，想看清楚正对着的墙壁上挂的是什么，突

安藤先生是把灰色系用到极致、极简又好看的大师

其实这是谢绝拍照的地方，我们盲拍了一张，感觉太不真实

建筑外就是自然，碧海蓝天绿树，一秒钟切换

然就心跳加速了，因为——在白色的不确定的虚幻尽头，是一幅巨型的睡莲，约 20 米宽，当中拼接，要知道，我完全没有做好遇见睡莲的准备，它就那样出现了。我以为，它应该会在我经过一批油画作品之后出现，我以为，它会在有更明显提醒的地方出现，我以为，门口会需要排队进入……结果，误打误撞地，就站在它跟前了，而且还是在如梦境一般不真实的柔和白光中。这幅巨作估计是莫奈老年时的作品，比较写意，色彩朦胧。最为奇妙的是，这里的顶是降层设计，自然光透过落差投下来，既照亮空间，又光线柔和，与画相配，完美极了。安藤是不是因为看到这幅画，才潜心琢磨出这样一个梦境空间来？以前一直以为安藤只会用极简的水泥和利落的线条，看完这里，觉得心都要被他融化了。

地中美术馆的睡莲，成了记忆的高点，那种惊艳和触动，难以言表，于是我只能一而再、再而三地推荐，一定要去直岛，上岛一定要去地中美术馆和南寺。

PS

格外喜欢这座只有 4 000 人的直岛，却与地中美术馆有点儿情深缘浅，因为不甘心被台风、闭馆打败，一年里坚持来了三回，此次终得相见，极其值得，可以再来！

直岛上的怀旧咖啡馆

你喜欢在怎样的环境里来杯咖啡？简洁的，温馨的，浪漫的，有设计感的……都不错。

更喜欢在有时光痕迹的地方，舒适不拘束地来一杯。天光或灯光要是暖的，桌子是木头的，瓷杯必须配碟子。门脸不用大，坐标无须明晰，不经意路过的街角最好。

由旧屋改造而来的 Café Salon 充满怀旧感

戴深色礼帽的老板就在吧台后给客人做好吃的料理

Café Salon，中奥咖啡馆，在直岛本村外的小山坡上，沿着路标，猎奇一般地找到它。拾级而上，旧旧的老屋，窗内有温暖的光。屋外的院子没有太精心打理，用客人喝剩的酒瓶沿院墙摆了三圈，像是无声的记录。脱鞋进屋，客人不少，走在古老却擦得光亮的木地板上，举目望去，色调统一，榻是木头的，杯架是木头的，吧台是木头的，桌椅都是木头的，看似简单，却也能看出对灯光和家具的用心设置。两位男老板，一瘦一微胖，瘦的那位身着白色T恤头戴毛线帽，有点神似小田切让，微胖的那位着咖啡色T恤，戴黑色边框眼镜和深色礼帽，更像位二手书店的理书员。两位看起来都很淡然，眉宇平和，没有丝毫不耐烦或骄傲的表情，亦没有想做生意的那种急切或恭顺的嘴

室内的家具和灯光都经过精心设置

脸。状态好像在招呼一帮不太熟悉却有共同爱好的朋友来家里玩。与客人的距离不远不近，刚刚好。

大约一共只能落座 15 人的店铺里，竟有一小片空间，摆了一些和艺术或直岛有关的书，以及几样陶瓷摆件，仿若一家迷你书店。角落里还有一座古钟，喜欢的话，皆可付费带走。

小店消费平价，去时正值晚饭，还特意点了条烤制的濑户内海里的鱼，皮焦肉嫩。买单时顺便问小胖哥如何去钱汤，小哥帮我们查好公交时间，还细心地指明了方向，声音就像和朋友说话，热度刚刚好。

PS

前日，收到一位朋友发来的和妈妈、儿子三代人"五一"去北海道追樱的照片，看到列车上朋友妈妈和孩子非常开心自然的笑脸，感慨良多。想起不久前在公园里看到一对和父母年龄相仿的老夫妻，自己用三脚架在自拍合影，心里像碎了个瓶子，刹那眼泪夺眶。和朋友约定，一定要陪父母一起去次日本，让我们留下共同的美好的回忆。

九州地区

所长的故事

我要说的所长，和你可能猜想的治安联防派出所都没关系，是日本九州旅客铁道株式会社上海代表处的首席代表，亦可称为所长的相良周平先生。

日本国家铁路简称 JR，它四通八达，换乘便捷，乘坐舒适，让人惊叹。进站、买票、乘车方便快捷，不像某些国家，搞得跟乘飞机一样复杂折腾。种种“崇洋媚外”的心态暂且不表，来说说这位和 JR 有关的所长。

所长一眼就看得出是日本人，年纪约莫 40 岁不到，和所有日本人一样，喜欢点头鞠躬，不停地“哈伊哈伊”。

在一个旅游分享会上，他作为嘉宾之一出席。大多数人问的都是不那么专业甚至有点刁难的问题，诸如为什么有的车需要预约，有的车班次那么少之类，他都仔细聆听，一一作答。甚至有人提起一段去年被冲毁的铁路，问现在如何解决去目的地的交通时，他仔细地讲解了可以在哪里预约，然后如何换乘，去目的地大约需要花多少时间云云。

活动结束的时候，因为有懂日语的朋友作陪，我便去向他打听某套计划的线路安排是否妥当？他掏出纸笔，耐心地记录我说的每天大约想去的地方，并标注好日期和这个地方所在的区域等细节。

对话过程中他问我签证是否办妥，住宿是否预订这样贴心的小问题，提出其中某一个目的地有点远，担心我时

访日旅行日程表

2014年9月19日

6天5晚	1位

旅行期间： 5/1-5/6

旅行目的地： 嬉野・北九州・大分・熊本・福冈

	Date	Cities	Time	Schedule	PASS	B	L	D
第一天	5月1日（周三）	浦东机场	8:45	乘坐东方航空班机前方佐賀机场	北部5日票 第1天	–	机内餐	–
		佐贺机场	11:40	到达佐賀机场				
			12:10	佐贺机场→佐贺站（利用机场巴士）※12：40到达				
			（12：30）	未赶上乘坐下班巴士　※13：00到达				
			12:40	佐贺站兑换JR九州铁道通票				
				APA酒店办理入住手续（佐贺站徒步3分钟）				
			13:00	佐贺市内观光				
				・佐贺城本丸历史馆				
第二天	5月2日（周四）		9:00	酒店出发	北部5日票 第2天	酒店	–	–
			9:27	佐贺站→博多站（特急列车「海鸥106号」※10：06到达				
			10:22	博多站→八幡站（前往门司港的快速列车）※11：20到达				
			11:30	酒店办理入住手续（八幡站徒步5分钟）				
			12:25	八幡站→河内温泉あじさいの湯　乘坐免费送迎巴士				
				※“あじさいの湯 ”到紫藤花园徒步5分钟				
				※因为是温泉设施的免费送迎巴士，乘坐的时候建议告知“到温泉”				
			12:45	河内紫藤花园观光（北九州市八幡東区河内2-2-46　电话 093-652-0334）				
			14:00	体验河内天然温泉“あじさいの湯”				
				福冈县北九州市八幡東区河内2-3-36　http://www.souyu.co.jp/ajisai/				
			16:00	あじさいの湯→八幡站（免费送迎巴士）				
			16:30	八幡地区自由行动				
第三天	5月3日（周五・节假日）		9:00	酒店出发	北部5日票 第3天	酒店	–	–
			9:20	八幡站→小仓站（前往小仓的快速列车）※9：32到达				
			9:48	小仓站→大分站（特急列车「SONIC 9号」）※11：06到达				
			11:15	酒店办理入住手续前（大分站徒步5分钟）				
			12:53	大分站→由布院站（前往丰后森的普通列车）　※13：57到达				
			14:00	汤布院地区观光				
				・金鳞湖				
				・汤之坪街道				
			17:33	由布院站→大分站（普通列车）※18：31到达				
			18:35	回到酒店				
			19:00	（晚餐）大分站周边用餐				
第四天	5月4日（周六）			【※这天交通路线班次比较少，请留意不要晚乘！】	北部5日票 第4天	酒店	–	–
			7:45	酒店出发				
			8:08	大分站→丰后竹田站（九州横断特急41号）※9：11到达				
			9:20	丰后竹田站→宫地站（乘坐代替巴士）				
			~~10:19~~	~~宫地站→阿苏站（普通列车）※10：25到达~~				
			10:40	阿苏站→阿苏山西站（公交「阿苏登山线」）　※11：20到达				
			11:20	阿苏火山口观光（利用阿苏山索道登山）				
			13:05	阿苏山西站→草千里阿苏火山博物馆前（公交「阿苏登山线」）※13：10到达				
			13:10	（午餐）				
			15:40	草千里阿苏火山博物馆前→阿苏站（公交「阿苏登山线」）※16：08到达				
			16:47	阿苏→熊本站（九州横断特急5号）※17：53到达				
			18:00	酒店办理入住手续（熊本站徒步3分钟）				
第五天	5月5日（周日）		9:00	酒店出发→移动前往熊本城（利用路面电车）	北部5日票 第5天	酒店	–	○
				※行李寄存在酒店前台				
			9:30	熊本城观光（1小时）				
			10:30	熊本城「城彩苑」参观（特产・用餐处）				
			11:30	熊本城→移动前往熊本站（利用路面电车）				
				※到酒店取行李				
			13:05	熊本站→新鸟栖站（九州新干线「燕子334号」）※13：42到达				
			14:02	新鸟栖站→武雄温泉站（特急「绿13号」）※14：40到达				
			14:48	武雄温泉站南口→嬉野温泉（利用专线巴士）※15：21到达				
			15:21	嬉野温泉巴士亭→和多屋别荘（徒步15分）　※在巴士亭打电话给酒店，酒店会派车过来迎接				
第六天	5月6日（周一）	嬉野温泉	10:10	酒店退房→移动前往佐贺机场（利用高级出租车）※前一天16点之前 预约　0954-23-6161	高级出租车	酒店	–	–
				※10：10前台集合　当日现金支付2,000日元				
			11:00	佐贺机场办理登机手续				
		佐贺机场	13:10	乘坐春秋航空的班机返回浦东机场				
		浦东机场		到达浦东机场				
各交通工具的时刻，条件为企划书提出当下的数据，有变更的可能。								

（注：10:40–15:40 各行外框注）乘坐「阿苏登山线」巴士进行阿苏观光

间紧张，还惊讶其中有一个目的地日本人都不太会去……

所有的目的地说完了，他对我说，会让同事帮我整理适合使用 JR PASS 的旅行定制计划，会让说中文的同事联系我，谢谢我选择 JR 云云。

第二天一早，我便接到了所长中国同事的电话，问了我一些需要确认的细节，于是我在当天的下午，收到一封让我震惊的行程安排邮件，包括中文日文两个版本 EXCEL 表格的附件，关于我每天大致想去的地方如何到达，时间安排，哪里的时间比较紧张需要注意，住宿地方的联系电话，甚至回程去机场预订出租车的信息……所有我能想到的、想不到的信息，全都包含在内。

我猜表格的日文版是所长做的，中文版是同事翻译的，在这差不多 24 小时的时间里，他们花了多少心思和时间只为我这一个没有任何来头的普通客人服务？！肃然起敬！

是的，这一次见面、一封邮件就是我和这位所长全部的交道。对所长的敬业，我既感动又感慨，他完全没有义务在活动结束后，还那么仔细认真地对待我的问题，不仅做笔记，回去还要检索资料，作好安排，再惊动同事，还让同事给我电话，翻译问题，确认所有信息……他完全可以来一句“请查询我们的官网”，或直接丢给我一本宣传册……

所长提供的九州 6 天 5 晚行程安排表

五一，去九州穿越紫藤隧道吧！

九州，大约算日本非主流的一片旅游目的地，很少人会选择它作为首访日本的目标，但福冈的拉面、鹿儿岛的活火山以及熊本县那头黑白分明却脸上挂着两坨腮红的 Kumamon 熊，又都为世人所熟知。没错，这些都属于日本的九州地块，都有各自的精彩。要玩转这一片九州土地，五天时间依然不够呢！

如果你的“五一”小长假还没有安排，想不想走进一片私人花海，感受被紫藤包围的美好？推荐上海飞福冈或佐贺。

Day1，如果你飞福冈，这里是九州最大的县，相当于中国的省会城市。这天可以去太宰府天满宫逛逛古迹，走走参道，记得去独一无二的太宰府星巴克木屋歇歇脚。逛街可以去博多，投币吃拉面，一人坐一个小格间的著名的一兰拉面不要错过。

如果你飞佐贺，可以搭电车去逛有田，“五一”期间有陶瓷集市。步行三公里全是做陶瓷的小铺，古风的，抽象的，可爱的，简洁的，精致的，总有一款适合你！佐贺一定不能错过的就是佐贺牛，哪怕是车站便当，只要标了佐贺牛三个字，口感层次一定让你咋舌，最好还是找个馆子去体验更地道过瘾的全套佐贺牛！佐贺牛与神户牛齐名，推荐吃货必须来一顿。

这是我第一次见到紫藤隧道，第一次被真实的花海震撼的地方

穿越紫藤隧道，感受被紫藤包围的美好

Day2，直奔紫藤花海。如果你昨晚在佐贺，需要先乘火车去福冈的博多站，换开往门司港方向的车到八幡站，站前有开往“河内温泉”的免费接驳小巴，车程 20 分钟，不过一小时只有一班，而且老人很多，可能需要多等一辆，建议这天出行赶早。如果你不想等，语言也 OK，那里有当地人乘出租车拼车的，估计不拼车的话，出租车费要 300 元人民币。

到河内温泉后，往上坡方向步行五分钟，就可以看到

“河内藤园”的标识。

这一日，看完花，可以选择泡个温泉，也可以去往海滨小城门司港。我总觉得门司港很像大连，当地的“烤咖喱”让我怀念至今。

Day3，去大分的由布院泡汤吧。整个由布院地区都是温泉酒店，早点订一家，在庭院里喝茶看书，累了泡个温泉，好不惬意。

如果喜欢大自然，这一日也可以选择去阿苏，看日本著名的活火山，从满目碧绿的草场，再到烟雾腾腾的火山口，这么近，又好像那么远。去阿苏一定要提早用 Googlemap 或 YahooJP 查路线，有段路夏天经常被水冲，需要火车转巴士接驳再转火车。（以上两个目的地，一天只能二选一，切记！）

Day4，我真的很想推荐熊本，除了那只萌熊，还有好吃的马肉刺身，以及整个城市的氛围——它不是个繁华的大城市，也没有京都那么历史悠久，可就是有种被城墙、绿意点缀的幽静。总之，我和这座城市的频率非常合拍，一定会再来！

从阿苏去熊本，有“阿苏男孩”号特别火车，强烈推荐体验。如果你有六天玩九州，时间从容，若只有五天，则建议 D3 晚直接去熊本住，D4 晚赶回福冈或佐贺，福冈鸟栖有 Outlets，佐贺旁有嬉野温泉和武雄温泉，你临回家前可任选一种体验。

Day5，回家。

若你昨晚住佐贺附近的温泉，一定记得让酒店代订出租车送机，这里出租车有政府补贴，在田园风光中行驶一小时将客人送达佐贺机场，仅需每人 2000 日元（约 100 元人民币）。

门司港：和爱因斯坦在相同的地理坐标吃烤咖喱饭

大概四五年前，有过一个小想法：和同学一起开个咖喱作坊，小小的，保证食材品质和口味地道，干净便利，包装简约，看着放心，只做楼宇外卖的那种。我们甚至考虑过要做哪几种口味，外卖单设计成什么风格，价格如何定位，谁接电话谁跑单，锁定什么商圈，从哪进货，要招几个小工，怎么控制成本之类的问题。

实施计划之前，我带着这位同学和几位友人去福州路上的 COCO 一番屋体验了一次，想说服他们，咖喱饭也是有市场的：简单、干净却味美料足……谁料，吃完出来，不仅大家纷纷表示不靠谱，原本打算合伙的同学也退缩了，原因是他们觉得内容太单一，难得吃还行，日常外卖肯定生意不好……于是计划流产。

不过这丝毫不妨碍我个人对咖喱的热爱。泰式黄绿咖喱、印尼重口咖喱、日式偏甜咖喱，甚至小时候爸爸用一小包咖喱粉烧的那种洗碗要洗老半天的蜡黄咖喱，我统统喜爱。咖喱操作方便，原料简单，荤素杂煮，入味下饭，令人食欲全开，通体欢畅。不过口味这种事情因人而异，不能勉强，所以对于开不成咖喱店，也没什么好纠结的了。

来说说烤咖喱饭。在上海，吃过“焗咖喱”，长腰形的瓷碗，最下层是米饭，浇上咖喱汤汁和干货，最上面撒芝士，放烤箱，出炉后卖相不灵，却浓香四溢，闻着就很长肉。搅拌时钢勺碰撞瓷碗发出清脆的声响，芝士拉出长长的丝混合着褐色的咖喱，包裹米饭，入口就会满足。

去北九州的门司港，只是因为听说这里的烤咖喱很出名。门司港是座开埠很早的海边小城，西式风格建筑不少，火车站是日本现今使用的车站里最古老的。日本人爱总结，所以每天都能看到各种“之最”。出站拿宣传资料，一张

古老的木结构站台应该很快就会停用

旅游地图，一张烤咖喱指南！

从地图上看，车站不远便是扎堆的西洋建筑，其中一座两层建筑内的“三井俱乐部”，是近百年前繁荣至极的三井公司招待所，而其之所以闻名，是因为1922年爱因斯坦夫妇来日本时曾小住于此，与码头仅一条马路之隔。现在，它是一栋可以参观的文物，也是正宗烤咖喱指南单页上推荐的地方。不知是因为日本人少，还是这里牛气，反正我按着指示牌在前门后门转了两圈，都没人接待，在我打算放弃换别家的时候，看到一位姑娘自己开门进去了，我便也决定自己去开门——木地板大堂有壁炉和沙发，楼梯上有围栏，注明谢绝登楼，左边有个看起来像大厅的地方，白墙壁红桌布，坐了几桌客人。我站在门口，问服务员是否接客，无奈有交流障碍，只好直接把指南里他们家图片给她看，终于得到肯定。找了窗边的座位，趁着天色尚早，欣然入座。环境古旧得很，白色墙纸开始泛黄，玻璃窗擦得不算十分干净，窗把手的油漆也剥落了，甚至猩红色的桌布上，还有香烟烫出的洞，这几乎是我在日本遇到的最不注意细节的馆子了，偏偏，还这么有名。大概因为早年接待西洋重量级友人多了？好在趁着天光，窗外的庭院依然是生机勃勃让人愉悦的，背景音乐也是好听的八音盒水晶音。

门司港作为开埠很早的海港城市，建筑融汇各种风格

坐下后不敢过于期待的烤咖喱海鲜饭在被铁盆盛出上桌的瞬间，征服了我并不饥饿的胃。焗饭、拌饭、煲仔饭，我果然对一堆没有丝毫视觉美感可言的大杂烩毫无抵抗力。虾Q弹，鱿鱼新鲜，一颗小小的烤土豆吃得我几乎落泪，两天来最正点的一顿！拉长的芝士混着鸡蛋和咖喱一起包裹米饭，软硬和咸淡都刚刚好，饭里竟然还有香蕉，简直像电影彩蛋一样令人惊喜。两个多月来几乎未吃主食

三井俱乐部

口感浓郁、食材丰富、令人充满满足感的烤咖喱饭

的人，把一份饭颗粒未剩吃得精光，应该可以表示我对这份美食的喜爱和对厨师的敬意吧？

不过汤和小菜还有香蕉果冻布丁全是败笔。汤就食堂水平，果冻太冰，咖啡太酸，总结一句：三井俱乐部除了烤咖喱饭，连场地都不值得留恋。

佐贺：2 000日元搭了一小时的出租车

日本的出租车以贵闻名，曾经在一个没伞的雨夜，从东京新宿站的一个出口搭出租去另外一个出口的酒店，花了人民币200多元，至此在日本的交通出行基本靠公交和双腿。

这次九州的最后一夜在佐贺嬉野。嬉野是日本排名第一的美人温泉所在地，泉质细滑，有碳酸成分，对排毒柔肤有极大帮助，据说还对关节炎、伤口、疤痕有治愈疗效。

住的和多屋别庄，日本必住的250家温泉旅馆之一，是当地最大的温泉酒店，横跨嬉野川上，有60多年历史，分5个馆，最贵的一处是独栋庭院，适合家庭居住，人均4万日元起，有独享温泉。宾馆内的“牛宾馆”是吃佐贺牛非常出名的馆子。

看得出曾经的辉煌，但毕竟年代久远，加之规模太大，所以细节上不是特别到位，比如不是主要通道的地方，地毯都褪色了，有些花有点枯萎，甚至迎宾都没有一碗抹茶，这让我在入住的时候心理感觉打了很多折扣。

然而庭院里可以泡足汤饮茶听风看夕阳的设施，以及那具有多种功效的温泉，泉水中不羁的嬉水活物——野鹤，一口下去汁水四溢、美味在唇齿间荡漾的佐贺牛，甚至早餐里一锅温泉水煮的豆腐，都还是征服了我。

这家酒店在我个人喜欢的温泉排名里，真算不上靠前

清晨，被阳光唤醒，准备离开，酒店可以预约去佐贺机场的出租车，每人 2 000 日元

看到这么萌的地藏菩萨明信片，忍不住给自己写一张

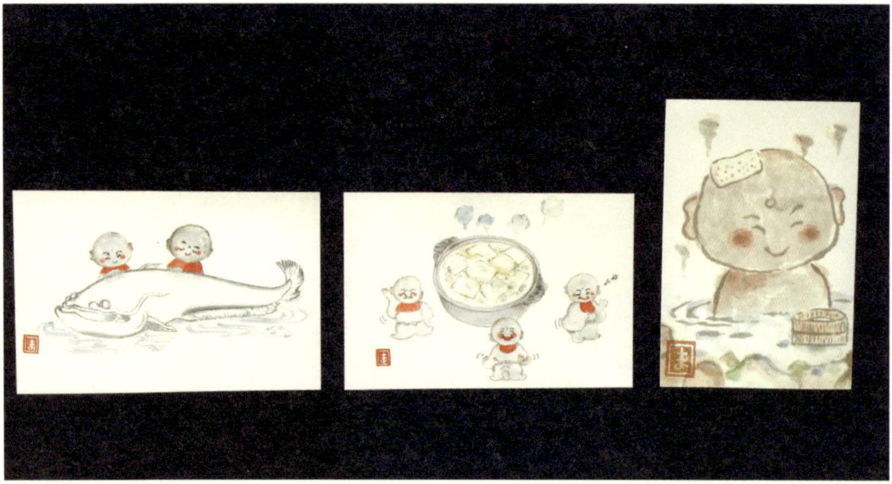

的，然而酒店老板娘（女将，我猜应该是职业经理人）有一手，用可爱的地藏菩萨造型作为酒店的吉祥物，设计了可以和小朋友合影的公仔，还有系列明信片，走道和房间墙壁的画也都是这个主题。酒店把宗教信仰动漫化、人情化、趣味化，网罗了更多的人心。

再征服我的，便是出租车服务了。从嬉野去佐贺有明机场，公交很麻烦，先要等公交半小时去武雄，再换两次铁路去佐贺站，再换机场巴士。关键是这些地方的车，都是有时间计划的，一般一小时一到两班，可想而知，没有大半天，你是去不了目的地的。所以一般是在酒店预订出租车前往。

开车的话，不堵车需要 65 分钟，按时速 60 公里算，司机送人往返需要开超过 100 公里路。而这 1 个多小时 60 多公里的收费是每人 2 000 日元，是的，按人头结算。

要知道我是一个人乘的这辆出租车，满头银丝却一丝不苟的司机老伯只为我一人服务，一尘不染的车比预订时间早到，等待在酒店门口。司机老伯和我确认身份、目的地，帮我拎行李。车厢内干净整洁，靠背上都是那种白色钩织的布。小时候玻璃台板下都衬这种布，很容易泛黄沾尘，而这里，是雪白如新的。车厢里没有闷久了的味道，没有早饭的味道，有的只是透过明亮玻璃的阳光和穿过摇下车窗的没有 PM2.5 的山谷里的空气。

到达目的地，老伯下车为我取行李，我用蹩脚的日语发自内心跟他道歉——这一车只有我一人。老伯友善地说了一堆，并把戴着白手套的手直摇摆，应该是没关系之类吧。

我只有希望他回程再载一位客人了吧？可佐贺的机场，一共只有两班飞机，一班来自东京，一班来自上海，下一波客人什么时候来，完全没概念。

抵达佐贺机场，必须再来最后一顿佐贺牛

回到上海，要不是下雨，真不想打车。排队等候，自己开后备箱放行李，说了目的地，司机一直一语不发，快到终点，他终于开口：

“你以后这么近的路，找川沙或南汇的司机啊！”原来一直生我闷气呢。

我尴尬地化解——“那希望我下车你能接个远差啊！”

“这个时间到处都堵的，远也没用！”

默默闭嘴，等待到达目的地。结账 139 元，下车，开后备箱，取行李，回家。

只是，更加想念那位佐贺的司机老伯了。

出租车沿途驶过春日里佐贺乡间的风景

有田：逛 4 公里的陶瓷市集

去佐贺之前，根本没打算过去逛有田。虽然京都清水烧以造型和做工闻名，常有打动我的盆碗作品，可在我心中，我们的景德镇才是瓷都啊！到佐贺站的时候，发现站台里贴着“4 月 29 日－ 5 月 5 日，有田陶瓷市集”的宣传海报，4 公里长的街道上有 600 家货摊！作为恋物狂，心中某个点瞬间就被点着了，加上电车可以直达，遂决定去逛逛有 300 多年陶瓷制作历史的有田，看看哪家的有田烧能有缘被我相中。

逛有田之前，日本陶瓷给我的印象是精美，无论是素烧的，还是有花的，每一件陶瓷作品都被灯光照耀得散发着“带我走吧”的诱惑力，每一件都独一无二，每一件都让人流连。

到了有田，一出站就懵，因为这里的陶瓷，是一摞摞像卖菜一样密集陈列的。露天的街道旁，一个个摊位像长龙一般紧密地连接在一起，标价直接手写放于货物内，几乎每个摊位前都人头攒动，西式或日式的杯盘碗碟壶之外，勺子、杯盖、箸托这些小配件也吸引了不少人，而花盆、门牌、壁画、风铃、摆件这些生活装饰物，因为个头大，更容易吸引我这样没有具体购物目的的人。陶瓷的风格则是从简约的素白、古朴的粗陶，到精细的描金绘花、可爱的卡通手绘一应俱全，让人目不暇接。除了临时摊位，自然还有日常的店铺，有的前面是店铺，后面是工厂，有的营造成陶瓷博物馆，更有的把茶室和店铺融合在一起，让你在歇脚的同时慢慢发现中意的器皿。

和清水烧（京都瓷器）的温润禅意相比，有田烧的特点是通透的白底和细致彩绘。如果你是一个擅长淘宝的人，一定会在这里货比三家，满载而归，而如我这般对琳琅满目陈列有视线盲点的人，则适合去香兰社、源右卫门窑这些店少而精地挑选。尽管是市集，价格比平日便宜，但价格区间也比较大，从最便宜的 100 日元的小物件，到十几

有田陶瓷市集，街道上全是陶瓷店铺，人头攒动，十分热闹

一只猫窝在瓷盆里

瓷门牌

后现代作品

集市上开心的小朋友

万日元的藏品，应有尽有，而低于 1000 日元又能看中的东西还是需要耐心寻觅的。

有田市集时间

每年 4 月 29 日 — 5 月 5 日

交通路线

佐贺站搭 JR 至有田站步行，市集时 JR 站会有接驳巴士于区域内往返。

神崎：九年庵，一年只开放15天的庭院

到达佐贺车站的时候，看到一张满目绿意的宣传海报，海报上有一座草屋，右侧橘红色书法体写了三个有力大字——九年庵。下方小字写着：“5月1－6日开放，期间限定！愈しの空间。”

大概领会如下：

1. 这是个只有在1－6日间短暂开放的地方；

九年庵入口处

园外露天茶屋

茶室前精心修剪的松树

2. 这个地方自身有点历史，有点意境；

3. 这里希望能给人一种治愈的能量；

4. 这个地方隐隐约约在召唤我。

手机拍下这张海报，念念不忘。当晚在酒店查攻略，得知这里位于佐贺县神埼郡，这座庵，是一位当地富商投资造的私宅，茶室 + 庭院式构造，由一位禅宗僧人监督，前后建造了九年，故得名九年庵。这里因为秋天的红叶而闻名于东瀛，每年仅于 11 月开放 9 天。想想海报上的 5 月 1 — 6 日限定开放，意味着一年一共只开 2 季，共 15 天，而我，看到了，遇上了，怎能不去？

九年庵并不好找，历经 2 小时才终于抵达。

门票 300 日元，尚未进门，便感受到绿意沁人，是那种鲜嫩欲滴的、崭新的、嫩软的、毛茸茸的、惹人怜爱的绿，生命力无限的样子。

庭院里的树木以枫树为主，石板小径是唯一的通行方法，走在小径上，会不自觉地放慢脚步和呼吸。树下土地多有青苔，如绿萍覆盖。庭院依山，山体被绿树和杜鹃装点，日本人喜欢将白、粉、红色的杜鹃深浅混合在一起栽种，不显艳俗，却又夺目。沿途看到许多片盛放的杜鹃，全是如此，值得学习。

茶室前，有一排精心修剪的松树，枝干挺拔笔直，只有在每一棵的顶部，才有高低错落的伞状圆顶，既为建筑起到了一定的隔离作用，也不过分阻挡光线，更自成一道植物屏风景观。

庭院正中，有一株红枫，在满目的嫩绿中，煞是醒目，而到了秋天，应该就是绿色的叶子比较稀罕了。

茶室褪色的地板上，席地而坐一些客人，低声轻语，说庭院的美不胜收还是说路途的艰辛不易，不得其解，只

觉这般静止的时光，值得屏息凝神，将良辰美景细细从眼底纳入心里。

说到园艺，想起和一位建筑行业的朋友的讨论。他说最受不了日本人的刻意修剪，把植物都修剪成平齐或圆方造型，像模具刻出来的，泯灭了大自然肆意的力量。而我恰恰是喜欢这种刻意的人为，处处的精心修剪，不让枝丫攀上别家房檐或挡住路人的视线，像极了不喜给别人增添麻烦的人，而这些小心，并不是完全的模式化，也会顺从自然生长的方向和纹理，只是，一切以不妨碍别人为前提。

PS

谷歌地图能查到的交通信息是，从熊本出发乘新干线到新鸟栖，换 JR 快速到神埼站下车，此后的信息就不详了。特别感谢前一夜在小酒馆结识的日本女孩 Yuko，她在香港留学过三年，看到我对着没有图片的菜单一筹莫展时，主动帮助，然后我们用英语 + 手写的方法，聊了三个小时，更互相加了 Line 和 Facebook。当我在 Line 上询问她如果不打车，怎么去九年庵时，她立马发给我一个交通时刻表的链接地址，并提醒我：从神埼站要乘坐昭和巴士，10 分钟时间，300 日元，来到仁比山神社前下车就到了，车很少，一小时只有一班，仔细安排……是啊，就是这么仔细的好姑娘，遇到她真是人品大爆发！

历时九年建造的茅屋，更美的是茅屋所对的庭院

由布院：治愈院玉之院

日本九州大分著名的由布院温泉区，属于当地女性尤为喜爱的度假区。从福冈出发，有穿越绿色世界的“由布院之森”号列车，2 小时可以到达，从大分出发就只能搭两节车厢、沿途经过 12 站、站站停的慢车。由于车次少，自然人不少。青春活泼的女学生，抱着宝宝、推着童车的一家人，还有满脸皱纹也无法阻挡优雅气质的拎 LV 的阿姨妈妈团（目测肯定都超过 60 岁）。

由布院除了温泉、美术馆、金鳞湖，还有一家每天早上就卖空的年轮蛋糕店名声在外。玉之汤，则是由布院里的一家温泉旅馆，据说没去过玉之汤，不算去过由布院。

玉之汤的入口，是一条曲径通幽的石板路，没有显山露水的一路招牌，没有霸气辉煌的扎眼建筑。我被那条看不到尽头的湿漉漉的小路吸引，不知不觉走入深处，左手边是透明玻璃的茶屋，右手边是一片绿意庭院。庭院的一头，是图书馆，图书馆的门口，有白色田园风的桌椅供人小憩。

反复问自己，一去再去日本的理由，除了细节美外，脑海中蹦出的另一个理由吓了自己一跳——没有人。是的，没有人打扰的安宁。你可以选择在一个院子里坐一下午，看云起日落，闻草木气息，读闲散杂书，把自己放空，沉浸在没有人却安心的自然空间里，久到忘记所有。

由布院的建筑都和风景长在
了一起

庭院里的图书馆

这里是我的治愈院

有意境也有童真

所以，玉之汤里的那一小片没人打扰的庭院——玉之院——是我的治愈院。那个午后，背靠书屋，面迎草坪，洗肺洗脑更洗心。点了一壶荷荷芭茶，细心的服务员给茶壶套了一个布艺的套子，保温。醇厚甘爽的草本茶，一定有安神的作用。院子里的小径，会有人拎着洒水桶沿路浇洒，始终保持湿润，草坪也会让人觉得格外清新。日剧《京都老字号旅馆老板娘的故事》里有一集说，开旅馆的人，会在所有准备工作都做好后，到门口洒水，路面的纤尘不染，示意我们准备好了，只待宾客大驾光临。

“阿苏男孩”号，开往童年的专列

在日本，铁路轨道错综发达，国有 JR 和各地私营公司同站运行、运营有序，新干线特急、普通、慢速等各种列车停靠大小站点，几乎可以说，日本列车能带你去到任何地方。

今天说说“阿苏男孩”号——我乘坐过的最有爱的火车，在有世界最大活火山口的阿苏站等候，一天只有两班，开往目的地熊本。终于，一列黑白相间的列车缓缓驶来，名叫“小黑”（KURO）的虚拟狗狗是列车的吉祥物，在车站，有它的小屋。在列车上，它的身影遍布车身、座位、窗帘、画框甚至洗手间，各种动作造型卖萌，童趣无限。这辆列车带来的惊喜，超过冒烟的火山，超过苍茫的草原，超过悠闲的牛群……每一个你想到想不到的点滴，都有小黑的相伴，每一个角落，你都想拍照留念，这，才是主题火车！

列车上有小朋友的专门车厢，白色大小相连的亲子座位，欢乐的海洋球池，不仅小朋友喜欢，你肯定也会希望能变小钻进去！车厢两头有专门看风景的座位，渴了饿了还有茶室，含酒精的“南阿苏大人布丁”不能错过！另有这辆车专门的手信（纪念品）出售，就连列车员，似乎也比普通车的大叔帅了许多。对了，别忘了收集乘坐纪念章！

当列车快到终点时，会与另一部复古的“吉人”号平行行驶一段时间，列车员会邀请我们向对方挥手致意，于

“阿苏男孩”号进站啦，帅帅的司机给大家指引出站方向

亲子座位

熊本到啦，黑白色也能很可爱的九州特别JR线——“阿苏男孩”号要休息啦

是便看到两列火车的人齐刷刷临窗而立，雀跃挥手，小朋友还会有礼貌地打招呼，且一直等到两辆车完全看不到彼此，方才罢手。

屋久岛：这里适合每一颗需要治愈的心灵

屋久岛位于九州鹿儿岛县，从鹿儿岛市区码头搭快船，2.5 小时可达。最近很流行的说法叫“离岛远足”，大意就是从半岛去往四面临海的小岛旅行。选择来屋久岛，因为这里是日本第一处世界自然遗产，常年雨季。为了见一棵 7200 年历史的杉树，需要在山中徒步 12 小时，吸氧洗肺，值得一去。

在岛上待了三天。吃特色飞鱼，住海边民宿，四个榻榻米房间和浴室全部面海，观海听风，听来美妙，却也吵闹，若不关窗，不易睡着。

睡前，去沙滩边看海龟下蛋。日本是一个处处有序的国度，就连看海龟，也需要先预约时间，并准时抵达。工作人员先放录像再进行解说，接着就是等待天黑，工作人员仔细查看，待发现海龟开始产卵，就通知客人安静排队入场。说实话被那个场面震惊了，黑暗中的海滩边，只见一缕微光，约 20 人排队围观，而灯光照射的地方，是一只正在下蛋的海龟尾部，可以清楚地看到海龟接连产下一个个乒乓球般滚圆粉白、混合着黏液的蛋，而光源，是人类的手电筒。很像偷窥。

每年 5–7 月，是海龟的产卵季，一只成年海龟一次产下约 100 个蛋，用时 20 分钟。每年它会上岸 3–6 次，它的身体里是怎么装下这么多只蛋的？！

下蛋前，海龟会悄悄登陆，挖约60厘米深的洞，下完蛋后矫健地用后爪拨沙掩埋，感觉没有痕迹，海龟便走了，与它的子女这辈子都不会再见。

沙滩里这堆蛋，需要花上两个月的时间等待小海龟破壳孵出，其中有10%是死蛋。而90%可孵出的海龟中仅有五千分之一的生存率。它们大多会在沙滩爬去大海的短暂途中，成为鸟和鱼的食物。那幸运的五千分之一的海龟，则需要花三年时间游去太平洋东海岸，并等待成长。30年后，成年龟又会回到这片海域产卵。沙子温度低于29.7℃孵出的是公龟，高于这个温度则为母龟，所以7月基本是母龟季。

岛屿不大，3万人、1万猴，互不打扰，各自生活。有机会可以安排乘车环岛游，走马观花一览岛屿概况。西部林道，只为邂逅路边随处可见的、需要车子避让的群猴和三两小鹿；大川瀑布滂沱，飞流直下将岩石冲刷得圆滑；千寻瀑布秀美，可远眺海平面；梢回廊让人在树梢穿梭漫步，亦可在林中玩索道滑翔；还能利用吃饭的间隙，去杉木工坊亲手打磨一只小海龟的挂件。屋久岛杉木的油分极高，很容易磨出光泽。

为了去屋久岛的终极目的地——7200年树龄的绳文杉（岛上的杉树名为屋久杉，树龄超过3000年则名为绳文杉），我们早上4点半就出门了，带着早饭、午饭两顿冷饭团便当行进。盘山的时候，东边日出西边雨，一边霞光万丈，另一边乌云滚滚。下车开始徒步时，小雨淅沥。多年前，为了开采木头，这里修了铁路，蜿蜒没有尽头。申遗后，火车停用，铁轨成了徒步线路，入口处开始走枕木，之后是铁轨上铺的木板路，这些相对轻松的路有8公里。铁轨两侧，绿木参天，郁苍葱翠，被雨水冲刷得生命力无

徒步起点

徒步途中，从一个树洞里望见的心形天空

徒步走过铁轨，直到没有路

限，氧离子爆表。因为自然保护做得好，所有人都沿着一条路走，因此徒步的原则是：下山让上山，上山慢的停靠侧面让后方速度快的先行。整座山只有三座厕所，每个人路过都一定会排队方便一下。粗沙翻滚的马桶，也许是吸臭降解的环保方法吧。如果你在其他的地方有生理需求怎么办？请用简易厕所！对了，全山没有一个垃圾桶，所以你制造的所有垃圾，包括大号小号，请统统自行携带下山。上山一般都有向导跟随，除了指明方向，他们还会背超大的登山包，里面装有简易厕所、休息用的座垫、瓦斯炉、锅子、急救药包等，一应俱全。走过三座厕所，即将开始真正的 3 公里爬山路途，走在石块、树根错综的地面，不时还要蹚过山泉，我们手中撑伞，眼里只有脚下的路。

7 200 年树龄的绳文杉

走到12点，向导安排大家席地午餐，湿身、饥寒、疲惫交织着还要啃冷饭团的滋味，实在不咋的，就在这时，领队神奇地拿出了一堆杯子和超大保温瓶，为大家冲了热的味噌汤！此情此景的一碗速泡热汤，喝得小心翼翼，喝出百般滋味，喝到回魂！

不知是味噌的补血能力太强，还是终点已经很近，当然也可能是因为过分关注脚下的路而忽略了身体的疲惫，所以当那棵7200年的杉树在大雨中悄然伫立眼前时，本能反应居然是：啊，7200年的古树好像也不是很粗啊！此时我们每个人都浑身湿透，防水的鞋子通过鞋口灌进去的雨水多到可以倒出来，身上则分不清是雨水还是汗水。

狼狈的雨中到此一游照拍好，便是下山，“上山容易下山难”这句话在我之前的人生中都没有太明确的认知，这一遭，算是领教了。下山时天公放晴。雨伞和所有垃圾一起收好绑在背包上，明明空出了双手，却觉得走得步步惊心。看看脚下，根本没有路，非常疑惑自己刚才真的是从这些乱石里走出来的吗？保护区的工作人员似乎早就知道我们有这样的疑惑，所以在杂乱的树丛中，偶尔拉出一些绳索，用以区隔可行与不可行。被雨水浇透的树木是油绿的，而阳光透过林间洒下的光斑，则把石块上的苔藓映衬得深深浅浅，好看又惹人怜爱。

阳光实在太好，暖男向导带先行的第一小分队去河滩旁晒鞋子。鞋子、袜子都摊在石块上，水分迅速升腾，泡到没有血色的白皱脚丫，踩在暖暖圆圆的大石头上，竟吸引来蝴蝶飞舞，拜托，这可不是花！河滩流水，蓝天白云，阳光石块。伸展全身，明明已经是够舒坦的歇息了，可我还不知足，掏出苹果来啃，红彤彤的青森苹果清脆程度刚刚好，水分充足，酸甜可口，每一口都吃在嘴里，爽在心里。不知是不是苹果味道太香，竟然有只猴子来到我们身后。停留的时间，随着苹果的完全下肚而结束。

山里的雨总让人措手不及，当感到雨点滴下，还来不及把袜子和鞋都仔细穿好，便又被噼里啪啦砸下的大雨点淋湿。决定一鼓作气走到出口。

往返 22 公里，历时 12 小时，这是一条近年难忘的自虐路线。这一遭的回忆，真的不是在具体某一处景致，而是在路途中。于是理解了向导说的，每年，来这里的很多人都说再也不会来，而之后，他们会上瘾般地悄悄再来，甚至个别人，选择干脆生活在这里。这条路，就像身边一位不貌美、不能言、不诙谐，却就是让你觉得舒服、有时会想见见的安静朋友。

这便是有大海、有丛林、有动物、有温泉、有历史的非典型九州代表——屋久岛。

太平洋的风在等你。

其他

失去渡边淳一的北海道

知名作家渡边淳一2014年4月30日因前列腺癌在东京家中去世，享年80岁。

友问：你昨天没写篇渡边淳一？

我答：只看过《失乐园》，还是VCD时代看的片，不敢写。

是的，除了记得气质非凡的黑木瞳阿姨激情出演婚外偷欢却美极的画面外，我什么都不记得了。所以，写什么呢？

北海道大学一景

ISHIY
CHOCOLATE

北海道冬季处处可见雪屋

通过微信这两天转发的文，对渡边先生有了基本了解：札幌生人，弃医从文，描情写爱，获奖无数，享年80。

于是对于北海道，除了流冰和花海又多了和渡边淳一有关的两笔。

在札幌市中心，有一座渡边淳一文学馆，出自热衷旅游的设计大师安藤忠雄之手。他对这件作品的形容是“一只白色的鸟儿在苍茫的雪地上单腿站立的模样”。

在电影《非诚勿扰》中，阿寒湖底，有渡边淳一的初恋女友，长眠于此，生生世世只爱自己。

失去了渡边先生的北海道，花依然会盛开。渡边先生那么多本著作，我独独订购了一本《紫阳花日记》，愿可徜徉书中期待花期。

渡边淳一文学馆地址

札幌市中央区南12条西6丁目414，门票300日元。

北海道雪中遛狗的爷爷，好孤独的背影

如果你也想办日本三年签

在 2014 年以前，如果想办一张日本三年多次往返签证，必须去冲绳，且住一晚（我也是按这个方法办下来的）。

说实话，拥有碧海蓝天石狮三弦琴的海岛冲绳不能算典型的日本代表，作为初次踏足之地，特别如果不是玩水的季节去，惊喜不够大，所以想推荐一下 2014 年针对中国人领三年签证的政策新增执行地——东北三县：宫城、岩手、福岛。

日本的东北地区位于本州最北，遥望北海道，东京搭新干线最快 78 分钟可达（福岛）。

东北地区玩什么：

你从小学课本上知道的鲁迅先生学医的仙台；

拥有本州地区最大规模冰雪节的岩手；

盛产全日本最好吃苹果、有趣味图形稻田、与北海道相隔津轻海峡的青森；

好吃的大米产地新潟；

秋田犬的故乡秋田；

阿信的故乡、和牛排名前三的米泽牛的产地山形……

三年签怎么办：

找代办日本签证的旅行社（日本签证都需旅行社代办）——提出三年多次往返的申请（需 25 万以上年收入证明）——需提前订好机票酒店行程（有的旅行社要求由

其代订，还需要缴纳保证金）——行程里必须安排在上述三县其一住一晚——待你回来，提供住宿确认函，你的三年多次往返签证便生效啦！注意每次去停留不可以超过 90 天，一年内待在日本的天数累计不能超过半年。

其他关于东北地区：

出行要趁早：东北地区游客尚少，2013 年北海道有 30 万中国人去，九州有 10 万人去，而东北只有 4 万人去，东北面积是九州的两倍大，值得喜欢深度游的朋友前往。

JR PASS 不能少：针对外国人的 JR EAST PASS 价格是 2.2 万日元，可以选择 14 天中的任意 5 天使用，东京往返一次东北就回本啦，且东京往返成田机场也可用。

免费 Wi-Fi 记得领：在东京机场就可以领取东北地区 14 天的 Free Wi-Fi 密码卡，网络覆盖东北 7 县 1.2 万多个热点。

泡汤必须要：东北地区的温泉乡自然也不少，除了拥有 6 种以上天然汤外，还有苹果温泉、酸汤温泉这些特色。订住宿时注意查询。

泡汤

说到温泉，中国人一点都不陌生，几乎各地都有。泡过江苏著名的“下饺子”的汤山，浙江半山里的宁海，安徽巢湖从我妈妈年轻时就有的半汤，四川稻城稻田间砌着水泥池的纯天然粗犷野趣型茹布查卡温泉，还有厦门那有点装腔作势的日月谷。最夸张的应该是云南弥勒的温泉，老人小孩拿着饮料，啃着鸡爪，欢乐地泡在泉里……所以这温泉，你我一样都觉得熟悉——穿着游泳衣嬉水呗！

不过我要说的是日式泡汤。汤这个字，在中国，起码有点紫菜蛋花打在水里，起个涟漪，才称汤吧？不知道当年谁教日本人热水叫汤的，反正他们管洗温泉就叫泡汤了。仔细想想，那么细软的水质，那么丰富的矿物质，也确实是特别的“汤”。

日本人泡汤，得脱光了泡！记得第一次泡，是去下雪的箱根，在日式小旅馆的房间，有一张漫画式的告示，教你如何泡汤，令人印象特别深刻，颠覆了我的三观：一要洗干净泡，二要脱光了泡，三不能把毛巾带进汤里泡。小细节很多，包括在洗浴时，需要坐在小矮凳上，注意水和泡沫不能溅到别人。一块小毛巾是给你泡汤时盖在头上用的，别丢到池子里。记得自己在屋子里仔细研读这张“泡汤指南”超过 15 分钟，只为不给中国人丢脸。

头一遭尝试日本泡汤，我处处好奇，在更衣室里换上

在日本泡温泉都需要先在小凳子上坐下，洗浴干净再去泡

京都郊外大原的日归温泉，赤脚踏过山中红叶，钻进缸里，如重回母体

MUJI 风格的天平汤，位于高松佛生山，泉水品质极佳

佐贺泉，美人汤

最特别的直岛钱汤，我更想叫它大浴场，男女区域的顶部是镂空的，但并不妨碍私密性

浴衣，拎上小袋子，装了棉袜、更换的衣服，小碎步走去汤池。更衣室没有柜子和锁，所有人的衣物就各自找个筐，丢进去就好。在洗浴的地方找个位子坐下，这里从去角质膏，到洗发、护发、沐浴、洗脸用品，一应俱全，甚至连磨脚石都有，洗完出来也提供棉片、棉棒、润肤露，所以这之后，我去日本，再也不带瓶瓶罐罐了。

洗干净，一般先泡室内的泉，泡个五分钟，浑身热了，再去室外泡。细雪飘在脸上，身体浸在热汤里，四肢百骸通体舒畅，那个时刻的人，是放松的，是享受的，是安静的，是愉悦的。直泡到皮肤起皱，才恋恋不舍地离开汤池。冲一下水，更衣离开。

那个晚上，睡得相当舒适，究其原因，竟不知到底是汤泡得好，还是榻榻米的软硬度好，抑或是被褥的柔暖度好？总之，第二日有种重生感。

自此，去日本一定要泡汤的念想，便在心里扎了根。

而后去过丰臣秀吉青睐的有马温泉，太平洋边听着海浪声泡的浦岛温泉，岐阜高山上的旅馆温泉，北海道登别的温泉……之前那些，都选择的是一泊二食。后来，在四国香川，乘电车专门去泡了次日归温泉（指当天往返不住宿），装修风格就像MUJI（无印良品）的样板间。总结就是：水好，才是真的好！

追樱的人

2014年樱花比花期情报开得略晚，3月26日的奈良，最早开花的水室神社门口，花开只有40%，尽管满枝含苞，在雨中却显得娇柔。

3月27日，京都阴转多云，西芳寺闲庭漫步，逛到整个园子没有别人，临走前发现本堂尽头，一株等待盛放的樱花树正沐浴春光，满枝嫣红。

这条路可以叫“樱木花道”吗？

六本木的夜樱道，尽头是红
色东京塔，美得惊心动魄

新宿的垂樱，满蓬蓬，粉嫩
嫩，招人怜

京都鸭川边一夜樱开

御苑公园内《言叶之庭》的
拍摄场景之一

暖阳下吃着樱花限定便当，
滋味非凡

转去清水寺，二年坂和三年坂之间一棵垂樱造成了交通堵塞，拍出来的照片一定人比花多。

3 月 28 日，天空彻底放晴，鸭川边的“樱木花道”花开约 60%，粉白粉红相间，微风轻抚，花枝摇曳，迷人至极。树下有园艺工人、修行的僧人、骑车的路人、遛狗遛小孩的当地人，还有我和朋友这样一批恨不得每一棵树都拍千遍的观光客。

下鸭神社的樱花不如预期开得好，着白无垢的新人引人注目。难忘的是在白川旁晒太阳、吃便当、喝梅酒的歇脚时光。

哲学之道只有几株位于十字路口光照好的樱花开得灿烂，埋葬谷崎润一郎的法然院里，篱笆在沙石上堆扫出樱花瓣的枯山水图案，院子尽头的枫树长出了新绿的叶子，阳光洒落，星星点点，充满禅意与生命力。这个有着茅草山门的寺院与街道两端的银阁寺和南禅寺比，朴素太多，不过因为人少，个人更加偏爱。

去往东京的新干线上，瞥见车窗外不停闪现的一片片粉白锦簇，花期正佳，暗自默念祈求天公放晴。天公果然不负所望，于是有了隅田、荒川、六本木、上野、新宿的一路东京追樱暴走。

大风天，吾妻桥两岸，隅田公园，人多花多，隔岸看樱花丛中的天空树（晴空塔），脑中想象的却是东京塔。

因为公务我去了荒川。特别感谢地陪人员带我游览了荒川公园，夕阳下开往早稻田的铁轨伸向天边，让人想起以 20 世纪 60 年代为背景的电影《永远的三丁目夕阳》。摩天轮与樱花树衬着天空，是对日系色调的最好演绎。

这之后的夜晚，聋猫同学发给我一张夜樱的照片，虽然关键词只有“六本木”三个字，但心念执着的我怎会罢休，开启福尔摩斯小宇宙，然后就站在了绝美的樱花道上，眼前是在脑海中想象已久的樱花树与东京塔的画面。

最后一天，在选择去上野公园还是新宿御苑间作斗争。因为距离近，便去了上野，几乎是刚进门，我就决定要速速离开。人实在太多了！樱花道两侧铺满了煞风景的野餐垫，道路中央满是拍花、拍人和自拍的人！

果断跳上地铁去往新宿。御苑公园里，坐在《言叶之庭》主人公们嬉水的河边，对着河岸，吃着春日限定的便当，只希望时光能在此刻停留！

樱花季京都游路线推荐

京都，是我推荐给每一个打算第一次去日本的朋友的首选目的地。

这座古都拥有诸多世界文化遗产，艺伎、寺庙、神社、枯山水、樱雪、夜枫、汤豆腐，有太多难忘的点点滴滴，反而一下子不知从何说起。

趁着清明小长假，来个京都漫步吧！推荐一条以京都为主要目的地的五日游线路，从大阪进出，仅针对初次赴

奈良公园里的茶屋，茶屋也算日本特色，基本是每个景点的标配，小憩、吃喝、买纪念品的地方

春日大社门前

京都菊水旅馆内亭亭玉立的穿和服的女孩儿

岚山路边卖手制陶器的小店，也有可爱的庭院京都赏花的观光客。

Day1，一早飞大阪，日本时间比中国早 1 小时，加上出关等，基本要当地时间下午 2 点的样子才可算真正抵达。这一日建议安排去奈良，可以在大阪机场的车站买张一日不限次数的 JR PASS，乘车方便。如果去奈良，建议住奈良公园周边，选择民宿、酒店或和式旅馆，取决于你的预算，但一般都有便捷安心愉快的体验。办理入住之后，可以去奈良公园周边喂鹿，逛旁边的兴福寺、猿泽池、市场，找地方吃东西，切记此日不要开启暴走模式！

Day2，一早沿奈良公园走去春日大社、东大寺，这些都是初次来京都的观光客必去的地方。在春日大社走累了可以去茶屋歇脚，东大寺可以看大佛。细细品味，绕若草山走下来，应该已经中午了，取行李，去京都！

京都需要分片逛，到时已是下午，建议可以去逛我个人极爱的南禅寺一带。（对了，在京都交通建议以乘巴士为主，因此可以买巴士的 ONE DAY PASS。）体力好的，可以在京都站乘巴士到银阁寺，看看朴素却迷人的银阁寺，沿一路樱花盛开、人也不会少的哲学之道走去南禅寺（这里即便人多，也不会很嘈杂）。沿这条路线走，可以先参观方丈庭院，洗眼洗肺洗心。走过一段忍者路，一定要在南禅寺的山门口驻足片刻。这之后，可以去顺正，来顿京都汤豆腐，用素淡的鲜唤醒你习惯重口味的味蕾。如果你的体力够好，在走往南禅寺的路上，还可以根据指示，去往岔路的法然院和永观堂。

Day3，一早乘那辆著名的小火车去岚山嵯峨野吧。穿越保津川，两边樱花盛开，下方水流湍急。在岚山可以从天龙寺徒步走去常寂光寺。特别推荐西芳寺，乔布斯居住过的被苔藓覆盖的寺庙，注意必须提前预约，淘宝有人帮

京都 Yojiya 家的下午茶

忙代预约，提早一月即可。下山前看一眼周总理也走过的渡月桥吧，也可去龟山公园内找寻周总理诗碑。（1919年，青年周恩来游览岚山，写下诗作《雨中岚山》；1972年中日建交后，日本人民在岚山竖立此碑，以示纪念。）下山后去市区，如果你在5点前能返回，去逛逛清水寺，那个有清水舞台和地主神社的人气TOP1的地方，途中会路过产宁坂（三年坂）。清水寺下来，去花见小路，喝花酒，吃由当季食材配煮的地道京都料理，在路口著名的艺伎脸招牌的YOJIYA买点手信，这天差不多了。

Day4，日子过得真快，还没有去京都最著名的那些地方呢。白天可以去圆山公园、银阁寺、龙安寺，或者去那个有著名的千本鸟居的伏见稻荷大社。考虑到明天要回家，这天最好住在大阪。记得下午4点前出发去大阪吧。好不容易来了次，购物是必须安排的日程。大阪可以住心斋桥、梅田这些交通枢纽附近，出站就是各大百货店，只营业到晚上8点，所以早点逛。之后可以去药妆店买点小东西，

京都旅馆晴鸭楼的早餐

再就是放开肚皮享受你最后一顿大餐啦！大阪很接地气，大阪烧小丸子不入你眼的话，可以吃烧肉、鳗鱼饭，比起京都，总觉得大阪可以吃得豪放些。

Day5，就要回家了。如果你是下午的航班，一早出发去机场旁边的 Outlets 做最后补给吧，时间来不及的，就给机场安排充裕的时间吧。在樱花季，有令人眼花缭乱、爱不释手的各种樱花限定商品在瞄准你的荷包呢。

温馨提醒

因每年追花的人特别多，请密切留意花期情报，早点订酒店机票！

青山、有乐町，东京不可错过的两家 MUJI

去日本，一定会逛MUJI(无印良品)。实用的家居小物、比国内便宜的价格、丰富的产品线、每一季都有的折扣品，吸引了越来越多的国内游客。

青山，是 MUJI 的起点，20 世纪 80 年代，这里开出了第一家无印良品，而现在，这里是唯一的 Found MUJI，街角两层楼，玻璃门面，和其他所有店铺的红底白字或木纹底红字招牌不同，这里的招牌是黑底白字和灰底黑字的

Found MUJI 的 Logo 也区别于一般的 MUJI

Found MUJI 的东西只在青山有卖，多为各地淘来的好货

有乐町 MUJI 距离东京站不远，可步行去；除了大，木之屋样板间很吸引人

无印良品改造家计划，在日本各地实施着

Found MUJI 字样——寻找发现无印的良品生活。很多符合无印良品标准，却并非它家的物品静静陈列，陶瓷花器、手织围巾、棕毛刷、素面摇扇、竹编篮筐，还有包装清新好看的特别风味巧克力。总结这里有什么：简单的、手工的生活品。它们的吊牌自然也和其他 MUJI 店铺的不同。

另外一家不可错过的是位于东京站附近有乐町的 MUJI，这是无印良品在东京最大的旗舰店。最吸引我的是里面的“木之家”样板间，从玄关开始，直到阳台，每一个角落都可以用无印良品来实现。这是只有日本无印良品

有乐町这家 MUJI 还有餐食区域，甚至还供应啤酒

才提供的装修计划。木、石、不锈钢、铝，这些温馨、天然、简洁的材质和元素打造的家，不奢华，却很舒适。作为东京最大的 MUJI，自然一切应有尽有，那些网络上很流行的无印良品小家电，这里也都有销售。除此之外，这里提供简餐，你还可以来点啤酒或果酒放松一下！

儿童节和性别年龄有关

六一，国际儿童节。

在日本，一年有三次和儿童有关的节。

三月三——女孩节；

五月五——男孩节（也是日本国立儿童节和端午节，也吃粽子，不过日期用的是阳历）；

十一月十五——七五三节。

前两个好理解，也有代表物，女孩节摆个日本女娃娃，男孩节门前挂上鲤鱼旗，七五三节是什么呢？当时从奈良大叔家听来的说法是，日本人认为，7 岁和 3 岁的女孩，5 岁的男孩，都很难养活，所以需要有统一的日子为这些年龄的男孩女孩庆祝，类似庆生或祈福。那一天，孩子们都会盛装打扮，男孩穿和式裙裤，女孩着鲜艳和服，全家一起去照相馆拍全家福，然后去神社吃千岁饼。

有没有觉得日本小朋友的节日很多，气氛很浓？家庭欢聚时刻很美妙？

2013 年的 5 月 5 日，我在日本。蓝天白云，路边红白相间却不显俗艳的杜鹃花盛放，不远处麦田碧绿，路过“坚人君”家门前，看到一组大大的鲤鱼旗迎风飘扬，顶部还有风车飞转，不知道是不是挂了风车的鲤鱼旗才可以做得更大，飘得更鼓？

此情此景令我不禁想象，那家一定有个可爱乖巧的儿子！

每年 5 月 5 日男孩节前后，有儿子的家庭就会挂出鲤鱼旗

听说在四万十川，每年 5 月 5 日的时候，一整条河的两岸都会挂满鲤鱼旗，看过去，像给河流盖了一顶会飞舞的帽子。嗯，我打算找个男孩节去看看！

如何预订寿司之神的店

一旦决定好职业，你必须全心投入工作中，你必须爱自己的工作，千万不要有怨言，你必须穷尽一生磨练技能，这就是成功的秘诀，也是让人家敬重的关键。

这是纪录片《寿司之神》的主人公小野二郎的一段话，简单却极致。特别佩服日本人这种穷其一生只做一件事的精神。记得朋友说起关于日本的寺庙修葺，有几种方法，第一种是大兴土木，彻底翻新；第二种是修旧如旧，浑然天成，让你看不出哪里是新增补的；第三种，也是最高级的匠人，他们做的是：尊重时间，新加于旧，也就是在需要修补的地方，仔细地用新的瓦、木材增补上，让整体和谐，又能让你看出哪里是新修补的，后人可以根据这些印记看到时间的流逝、物品的无常，同时也方便后人的修补。而这三种，只是修葺寺庙匠人职业生涯中的三个阶段，他们的一生，只在做修寺庙这一件事。

说回寿司之神，小野二郎，87岁，世界上最年长的米其林三星大厨。他的店“数寄屋桥次郎本店”（すきやばし次郎）位于银座一栋大楼地下室，只有10个人的座位，人均消费3万日元起（约合人民币1600元），火爆到必须提前一个月预订。我相信日本还有其他许多寿司做得非常好的职人（拥有精湛技艺的手工艺者），只是他们没把这件事情干到 87 岁仍在继续。所以只有他，成了“神”，让全世界人民都去“朝圣”，去吃的不只是寿司，更是几十年的经验和执着带给你的信赖和好奇。

原本对寿司的简单认知就是新鲜生鱼和软硬适合的米饭的上下混合体，直到看过这个片子，才知道鱼生长的水域和季节，米饭的浸润水分和时间，手的温度和湿度，力量的大小，甚至包括先做哪种鱼后做哪种鱼，蘸怎样咸度的酱油，都有很深的学问，这样一系列的细节追求，最终才能成就美味至极的寿司。看上去简简单单的饭团，背后的故事，纪录片比我说得精彩细致。有兴趣的请自行补课。

之前，对于这家寿司店的认知，只是基于看过的纪录片和听闻的传说，直到不久前，有朋友希望能提前半个月代为预订，通过懂日语的朋友的电话帮助，才知道这个店的火爆，已经超过我的想象。本店每月初就订满了，分店的预订电话好像热线，且你须严格遵守预订时间前往。

听说分店的上菜非常快，37 分钟，20 个寿司，一个个现做上给你，如果有客人问，能不能慢点？羞涩而实在的小哥会坚定无比的回答你——不能。因为慢你就会吃不下！

对于一件事，热爱到让它成为生命的一部分，生活才会有意思。

数寄屋桥次郎的东京两家店铺信息

银座本店：東京都中央区銀座 4-2-15 塚本総業ビル B1F，电话：03-3535-3600

六本木分店：六本木けやき坂通り 3F，电话：03-5413-6626，外国人可委托日本酒店提早一个月代订

渍物

渍物是日本泡菜、日本咸菜、日本酱菜、日本腌制物，口感脆爽居多。最有名的渍物是腌萝卜和梅干，也会分有汤汁的渍物和无汤汁的干渍，还有一种混合了米糠的糠渍，据说放糠的缸和缸里的糠都很有年头，新鲜的蔬菜混在米糠里，就能出绝味。

在日本，渍物一般搭配米饭或者饭团吃。小小几片萝卜片、几根萝卜丝、一颗梅子，便吃得心满意足。记得在

清水寺门前的渍物店门面大、品种多，灯光运用得和精品店一样

一次日本物品展上，一位满头银丝却妆容精致的老妈妈，小心翼翼地把她家的梅干剪成像无花果干一样的碎丁状，给客人试尝。她的专注和细致，显出一种神圣感来，令人敬重，让我觉得仿佛在品尝珍馐，那点儿梅干也格外好吃。

日本人吃得讲究，每个节气需要吃当令旬物，而每个月的渍物居然也会不同！譬如樱花，也有渍物。京都的渍物非常出名，清水寺门前的路上有许多家渍物店，大的开到两条路的转角一个扇形门面全是它。干净明亮的店铺，和脑海中脏兮兮的黑作坊一比较，就稀里糊涂买了点萝卜片拎回家了。腌萝卜片混昆布丝，是京都有名的“千枚渍”，酸酸甜甜，吃完还想来一口。

印象最深的渍物，是在大分吃的鰤鱼渍物。腌制的鱼片，搅拌拉长丝的纳豆，混上酱油芥末，撒上葱花，那风味，在别的地方真是从未体验过。

和洋果子

果子（菓子），第一次见到日本人所用的这个词，以为是某种二次加工的水果，类似罐头。而第一次对这个词留下深刻的印象，是在东京新宿小田急百货地下一层的商场，几乎一整层都是各类和洋果子。对照精美的食模，我终于搞明白，和果子是日本的甜味点心，而洋果子是西洋的甜味点心。前者适合搭配抹茶，后者适合来杯咖啡或红茶。

更有画面感的描述是：和果子应该穿着锦缎和服，在午后对着窗外有风景的地方，细细品味，感受时间是用来

日本的洋果子，甜度比欧美低很多，造型则可爱许多，日本人尤爱布丁类 Q 滑西点

和果子最大的特色就是季节主题，用每季的时令果实，做出美感和口感皆佳的点心

浪费的；洋果子适合穿着便装或职业装，在街角发发呆、看看路人时吃，小憩加补充能量，感受活着真好。

和果子，据说是唐朝时从中国传去日本的，有糖分，是为了和生茶的刮油作用相抵充，于当时是养生的，于现代，大家都恨不得让刮油来得更猛烈些吧？

和果子大多以豆类、芋头、栗子煮熟磨成的细泥为馅，Q 弹、粉嫩、剔透的外皮，以时令的花朵或果实为外形，比如樱花季粉嫩樱花造型的限定果子，就会让你情不自禁想购买品尝。每一个看着都特别想吃，每一个吃着都风味绝佳，每一个吃得都小心翼翼。

大福、馒头、羊羹，是和果子中常见的品种，干果子和生果子一般用于区分制作方法和保质期，显然生果子更新鲜，更好味，但也更不易保存。

洋果子在我眼中 = 奶 + 巧克力 + 水果 + 面粉 = 所有

萌到要融化

西点，包括蛋糕、松饼、派、布丁，等等。可爱的造型更让人有欲望立刻下口轻咬。洋果子在我心中也是卡路里和脂肪的代名词，明明和果子也是甜食，但可能因为小份又精致，所以会自动忽略它的热量吧。

和果子吃的是气氛，心灵会得到满足，洋果子吃的是能量，味蕾肚子会满足。各有各好，去日本游玩时不妨多多尝试。

后记

出发吧，读到现在的你！

对我来说，筹备这本书的过程中最大的感受就是：不真实。像做了个梦，说我要出本书，然后书就真的做出来了。

回顾书的诞生过程：从来没想过能出书——赞赏平台邀约我通过社会化传播的方法出书——整理回顾这些旅途中有意思的小事——朋友们鼎力支持出钱出力——今天这本书终于出版了，我将和你一起翻阅这本可以散发油墨香的小书，这本只说日本、不算攻略的小书，如你看到的，大多都是个人游历日本的体验，表达也比较口语化，书中可能还有一些 bug 和不周全，作为一种分享，期望可以在我的微信平台“和风旅人”与你交流，得到修正，甚至书可以再版。

在内容准备过程中，遇到一些让我感激兴奋难以言表的人和事。朋友的妈妈因为看到这本书的介绍，要女儿再带自己去日本，因为就想去看看为什么这个地方有人要走 1000 次。“海外党”朋友为了赞赏，折腾几天通过各种支付验证方法，才搞定微店赞赏。微信号新增一大批关注的朋友，告诉我他们眼中的日本。最让我惊讶的是春秋航空的董事长王正华先生说自己也看到了朋友圈在推荐这本书，当时就好奇这个人为什么这么迷日本。作为穷游的代表，三年里跑了 17 次日本，春秋的机票价格和飞行线路功不可没！当我和王董见面交流后，得知春秋不仅目前已开通大阪、札幌、茨城、佐贺、高松多条日本航线，还在日本成立了分公司，专程从日本招聘管理层只为保证最安全的飞行，这样的诚意和用心，以及飞行的价格，谁能不动心？如果你是在春秋航班上看到我这本书的，我想和你说，这不是广告，是一位乘客发自肺腑的称赞！

感谢以下朋友，不光点赞还打赏支持了《日本，去 1000 次也不够》，让书的出版得以加速（排名不分先后）：

顾宁、刘潇洋、钱峰、傅盛裕、褚宁、谢知聆、Judith Jin、王雁、张堃、周雪莹、魏武挥、贺炯、许维、郁凌平、张丽、唐芝雯、周勇峰、陈猷、陈欣欣、戴奕、殷甦曜、陈昕、唐晓蕾、陈迎晖、许敏、陈垚、步恩撒、陈君、杨桦、陈懿、王董、陈小斌、陈臻、孙敏、朱晓、何秋琼、周一妍、李婉、丁雅文、葛文、何可可、蒋小姐、陈蕾、周遹华、吴佳斐、黄维、施蕾、袁诗悦、袁媛、陆晔、王灏铮、倪淑珍、孙渊、何洛先、闫婷、庹晓骅、徐敏、徐琳凌、蒋倩、李坚、周单华、郑朝亮、沈蔚、张钰、赵慧、罗佳骏、潘田、谈伦、应花、俞晓舟、朱莹、王潮、项鹏、赵瑞琦、Cheryl、钱晓曦、潘乐群、王文君、林小颖、赵楠楠、张佳艺、凌顺毅、褚悦闻、katty、黄荣忠、侯静雯、徐殷、蔡文俊、朱海艺、李冰清、王琳、王湖洋、聂宁、Tingx2、傅旖旎、Sylvia、吴雪舟、杨娴、倪来福、伍琳、施鸿璇、孙蕾、沈婕、陆静琰、韩冰、Darkly、猪冰雪、刘寅斌、张颖子、康福华、杨婧、张洁、小雨、何君雪、程汝晨、李肇、嵇海荣、萧松、王翔飞、王爽、顾家媛、沈谭陈、龚瀛琦、傅京南、罗晶、顾峥莉、臧媛媛、吴小姐、郭晓红、吴沐尘、陈薇、冯骏杰、刘红颜艳、胡祝君、王嘉佩、朱欢欢、包蓓隽、廖张继、秦岭、朱玮、戴晓海、闵且余、秦晶、蒋芸茵、戴烨栋、杨文苑、杨慎东、康勇、华芳、陈文、陈萍、孙鉴、Jalanchen、徐肖睿、朱华年、丁明芳、夏睿睿、唐宁、金杜、周荣桥、许玮陆、王朝玉、高红、Ella Chen、黄廷、陈鑫、顾大韦、曹泉、向扬、于凌波、周宇航、刘乐琦、重庆友人、上海友人……

不完全记录一批共同在日本四处乱逛，愿意走非主流经典路线的朋友（不在此列的代表咱们一起行动得太少）：

亲爱的橙子，不会忘记我们醉卧神户大学樱花树下的情景；

和疯团的小C、海蒂、Grace，比仲夏夜之梦更梦幻的下一站在等我们；

铁三角的酒窝、Iven，期待你们发掘更多值得“剁手”的实用好物；

尽在不言中的婉丫头，我们一起手拉手、大步走；

美貌智慧行动强的晚睡党走走，下次要继续给我当和风模特……

特别感谢我的良师益友熊三木，“怂恿”我实现了我从来没敢想过的事——出版这本书；赞赏创始人陈序、王留全老师，用专业帮我简化了出书过程，提升了书的品质；老同事和现同事吴佳斐、王珂、王睿，让我可以用Html5的方式，把可视可听电子化的书第一时间通过网络分享给大家；我的合伙人褚宁、朱海艺以及幼狮传播的所有小伙伴，帮我挡掉许多琐碎繁杂的日常事务，让我在之前可以说走就走地东渡，在这段时间又常“不务正业”地怠工。

最后我想说：让我们一起，将剩下的983次日本走完。

图书在版编目（CIP）数据

日本，去 1000 次也不够 / 晁悠著 . -- 上海：东方出版中心，2015.5（2015.6 重印）
ISBN 978-7-5473-0782-3
Ⅰ . ①日… Ⅱ . ①晁… Ⅲ . ①游记－作品集－中国－当代 Ⅳ . ① I267.4
中国版本图书馆 CIP 数据核字 (2015) 第 070802 号

日本，去 1000 次也不够

出版策划：赞赏社交出版平台
出版发行：东方出版中心
地　　址：上海市仙霞路 345 号
电　　话：021-62417400
邮政编码：200336
经　　销：全国新华书店
印　　刷：上海书刊印刷有限公司
开　　本：890 × 1240 毫米 1/32
字　　数：157 千字
印　　张：7
版　　次：2015 年 5 月第 1 版　2015 年 6 月第 2 次印刷
ISBN 978-7-5473-0782-3
定　　价：58.00 元

东方出版中心邮购部电话：52069798